KB209356

×× **윌리엄** ××

WILLIAM

×× 윌리엄 ××

메이슨 코일 지음
이신 옮김

문학수첩

가족에게

1

매일 아침이 헨리에겐 처음 같았다. 아마 코딩 작업을 너무 많이 해서일 것이다. 치밀하게 짜인 수열의 결괏값이 이제껏 세상에 없던 무언가를 탄생시켜 실생활에 영향을 미치니까. 어쩌면 외출혐오증이 심해지다 못해 나가려는 시도조차 포기한 지 오래이기 때문일 수도 있다. 그래서 이제 그가 접할 수 있는 경이로운 존재는 단 한 명뿐이다. 릴리, 그 여성이 지금 헨리의 침대 옆 의자에 앉아있다. 때로는 어마어마한 사랑의 부작용으로, 때로는 그저 연민으로 보이는 예의 그 다정하면서도 어딘지 겁먹은 듯한 미소를 띤 채로.

"이번엔 심했어."

"나 코 골았어?"

"악몽을 꿨나봐. 내가 자기 귓가에 총이라도 쏜 것처럼 깼다고."

"진짜 쏜 건 아니고?"

그녀의 둥근 안경은 얼굴에 맞지 않게 너무 커 서글퍼 보인다. 그녀는 안경을 쑥 밀어 올리고서 묻는다.

"무슨 꿈이었어?"

"그 꿈이지 뭐. 대충 비슷해."

"말해봐."

"뭐 하러? 그런 꿈 따위. 세상엔 더 중요한 다른 일들이….".

"꿈은 우리의 실체를 보여주는걸. 누구든지 그런 도움이 필요할 수 있잖아?"

그녀는 의자를 살짝 당기고 호기심에 찬 의사처럼 턱을 톡톡 두드린다.

헨리에겐 그 '누구'가 자신을 가리키는 것 같다. 자기의 실체를 아는 데 도움이 필요한 사람은 바로 '그'라고. 참으로 릴리다운 말이다. 겉으로는 관심을 주고 위하면서, 은근히 우월감을 드러내는. 헨리는 한갓 이야깃거리가 돼버린 기분이다. 훗날 그녀의 경험담을 전해 들은 친구들은 흥미로워할지도 모른다. 더 나쁘게는 그를 불쌍하게 여길 수도 있다. 그러나 그녀가 곁에 머물러 주길 바라는 마음이 너무 커서, 헨리는 자신에게 그런 기분을 들게 하는 릴리를 기꺼이 용서한다.

헨리는 말한다.

"우리 집에 대한 꿈이야. 여기 이 집. 내가 복도를 지나가는데 팔다리가 내 맘대로 안 움직여. 그냥 떠다니는 거지. 무슨 말인지 알겠어?"

"응, 알지."

"그러다가 2층으로 올라가. 그때부터 겁이 나고."

"겁이 나는 게…?"

"그건 아냐. 엄밀히 따지면."

"그럼 그…."

"예감. 나쁜 일이 벌어질 텐데 그걸 막을 수 없다는 걸 아는 느낌."

"그렇다고 꿈에서 깰 수도 없고."

"가야 할 곳으로 가는 수밖에."

"다락 말이지?"

"응, 다락으로 통하는 계단. 거기서 멈춰. 문을 올려다봐. 근데 실제랑 다른 문이야. 이 문은 꼭대기부터 바닥까지 온통 사슬이랑 자물쇠로 뒤덮여 있어. 누군가 그 문을 아무리 막아놔도 성에 안 차서 계속 더 뭔가를 매달아 놓는 것처럼."

무엇이 릴리의 관심을 붙잡을지, 그녀가 무엇을 핑계로 '당신의 펫 프로젝트'를 계속하라며 헨리를 혼자 두고 가버릴지 예측하기란 불가능하다. 가끔 그는 미처 발견하지 못한 대화의 맥이 있는 것 같다고 느낀다. 제대로 된 화제를 골라내기만 하면 그녀를 더 오래 곁에 붙잡아 둘 수 있고 어쩌면 영원히 돌아오게 할 수 있을 것도 같다. 예전에는 릴리에게 즐거움을 안기는 남편이 되어야 한다는 착각에 빠졌었다. 하지만 그녀가 좋아하는 영화 주인공들의 매력을 흉내 내보고 나서야, 자기가 가장 애쓸 때야말로 아내에겐 가장 매력 없는 상대가 된다는 사실을 깨달았다. 그래서 도대체 나의 어떤 매력에 빠져 결혼까지 했느냐고 묻고 싶지만(그에게 아직 남은 장점

이라면 얼마든지 부각할 수 있으니까) '잊어버렸다'는 답이 돌아올까
봐 두렵다.

그녀가 묻는다.

"그래서?"

"문 안쪽에서 어떤 목소리가 들려."

"그 목소리구나."

"응."

"하지만 뭐라는지는 알아들을 수 없었고."

"전에 이 꿈을 꿨을 때는 그랬지. 근데 이번에는 알아들었어."

릴리가 허리를 펴며 고쳐 앉는다.

"뭐라고 했는데?"

"문장을 읊더라. 시집인지 소설인지, 어떤 책에 나오는. 아니,
성경인가? 암기한 문장이겠지. 농담도 아니었어."

"무슨 뜻이야?"

"창작한 문장은 아니지만 그 존재가 진짜라는 내용이었어. 마치
다른 존재가 그것을 통해 말하는 것처럼."

"그러니까 무슨 문장이었는데?"

"나는 영속적인 부정의 영이다. 존재하는 모든 것은 사라져 마땅
하므로."

"당신은 그걸 외웠어?"

"외울만한 문장이었나 보지."

"어휴."

그녀가 진저리를 친다. 짐짓 과장된 시늉이었던 행동이 이내 진

10

짜 몸서리로 바뀐다.

"'영속적인 부정'이라니. 좀 암울한걸."

"당시에는 무슨 의미인지 몰랐어. 그저, 뭐가 됐든 그게 그걸 뜻했다는 것만 알았지."

"적어도 그 덕에 자기가 깼잖아."

"아니, 그래서 깬 건 아냐."

"그럼 왜 깼는데?"

'문이 열릴 거니까.'

바로 그 예감 때문이었지만 릴리를 기겁하게 할 얘기라 속으로 삼킨다.

'세상의 그 어띤 자물쇠도 소용없을 테니까.'

헨리를 공포에 사로잡히게 하는 것은 목문 너머에 있는 것이 아니라 그것에 더해진 무엇이다. 거기에 있지 않을 어떤 존재.

헨리는 이렇게 답한다.

"소리 때문에. 처음엔 속삭이는 소리 같았는데 가까이 다가가 보니 아니었어. 손이었지. 문 안쪽을 두드리는 소리. 그러더니 쾅 하고 문을 치더라. 문이 쪼개질 만큼 세게. 그 소리에 번쩍 깬 거 야."

릴리는 다시 한번 몸을 부르르 떤다.

"뭐, 어쨌든 지금은 여기 있잖아."

"내가 여기 아니면 어디 있겠어?"

"그러니까."

유머와 슬픔이 섞인 표정으로 릴리는 고개를 끄덕인다. 헨리는

그 표정이 그녀의 트레이드마크라 여기지만 때로는 자기가 제대로
본 게 맞는가 하는 의문이 들기도 한다. 항상 잘못 보는 것 같기도
하고.

"그래서 다행이야."

2

둘은 사이가 좋지 않지만 아주 나쁘지도 않다. 워낙 오래전부터 이렇게 여기다 보니 이제는 죽음 뒤에 천국이 기다린다는 믿음처럼 헨리에게 위안을 주는 진리가 되었다. 그러나 때로는, 이를테면 지금, 자신과 아내가 이어질 수 있다는 생각이 오판이 아닐까 하는 생각이 든다. 수백만 명의 남편들이 파국 직전에야 깨닫듯이. 평소 그는 친구 따윈 원하지 않지만 이런 생각이 들 때면 원하게 된다. 그의 문제가 양성인지 악성인지 알려줄 경험 있는 또래가 있으면 도움이 될지도 모른다.

하지만 릴리는 지금 여기에 있다. 아내를 붙잡아 둘 마법의 주문은 없을지 몰라도, 그녀를 향한 마음을 보여줘서 나쁠 건 없다. 그러나 입을 열자마자 이 역시 착각이었나 싶다.

"몸은 좀 어때?"

"헨리, 난 임신한 거지 병에 걸린 게 아냐."

"그럼, 그럼… 알지. 아무래도 가끔씩 몸이 불편할 거 아냐. 그 과정이, 당연히."

"과정?"

그녀는 훗, 하며 체념조로 웃는다. 그러나 화난 기색은 아니다. '부질없지만 노력은 하네.' 그가 해석한 그 웃음의 의미다. 요즘에 헨리에겐 이보다 더 좋을 수 없다.

"우리 언제쯤…."

"하지 마."

"…얘기할 거야?"

그는 상체를 끌어 올려 침대 헤드보드에 기대앉는다. 그녀의 배속 생명체를 만져보려 손을 뻗지만 그녀가 흠칫하며 몸을 사린다. 그가 제대로 본 게 맞을까? 건드려지기 싫어서라기보다는 몸의 반사작용 같은 것이었다. 화나거나 춥거나 아파서가 아니라, 마치 섬뜩하다는 듯이.

"오늘은 말고, 조만간."

"이 방에서 혼자 깨는 건 외로워."

"알아."

"도대체 언제까지 이렇게…."

"오늘은 싫다니까."

그녀가 고개를 홱 돌리며 일어서는 바람에 안경이 다시 코끝으로 미끄러진다.

헨리는 어리석은 남편이었다. 물에 빠져 죽을 위기에서 구명조끼가 손끝에 닿은 사람처럼 필사적으로 허우적대며 이해하려 애썼다. 그러나 언제 놓아야 할지 알 만큼은 알고 있었다. 때로는 둘 사이를 아프게 하는 멍이 낫기 전에 더 짙어지길 기다려야 한다. 돌이켜 보면 애초에 왜 멍이 들었는지 기억나지 않는다 해도.

릴리는 침대 반대편 창문가로 걸어간다.

"커튼 열어."

그녀가 말하자 두툼한 암막 커튼이 저절로 열리며 아침 햇살이 비쳐 든다. 커튼이 갈라지는 틈을 따라 빛의 띠가 넓어진다. 아직 침대에 있는 헨리는 눈을 깜빡거린다. 눈이 부시기도 하지만 삭막한 방 안 풍경을 바로 보기 싫어서이기도 하다. 나무 막대기로 등받이를 댄 의자 하나(기대앉으면 매듭이 등을 찔러 아프다). 구석의 찬 바닥을 그대로 드러나게 하는, 공간에 비해 작은 러그 하나. 한 사람만 넉넉히 차지하고 있는 2인용 침대. 단정하게 휑한 손님용 침실.

릴리가 이어 말한다.

"창문 열어."

묵직한 판유리가 자동으로 올라간다. 이번에는 빛 대신 바깥바람이 들어와 릴리의 살갗을 어루만진다. 그녀는 숨을 한껏 들이마신다. 서늘하고 싸한 가을의 향기를 맡으니 비로소 동굴 밖으로 나온 기분이다.

햇빛이 거리에 쏟아지고, 느릅나무나 삼나무 판재로 만든 이웃집 담벼락에 흩뿌려져 모든 것을 황동색으로 물들인다. 이곳은 한때 부자 동네였다. 공장 소유주나 의사, 주류업자가 살았던. 수십

년간 방치되었다가 새로운 직업군의 거주지로 바뀌었다. 스타트업 금융가, 재택근무 기술자, 특수 분야 컨설턴트…. 다들 집을 멋지게 수리해 현관 테라스에 2인용 그네 의자를 매달았다.

추억의 놀이공원 같다고 놀려도 좋다. 아닌 게 아니라 릴리는 실제로 가끔 그렇게 표현한다. 하지만 이곳은 의심할 여지 없이 멋진 동네이기도 하다. 넓고 깊은 부지, 미국 또는 미국의 이미지를 건축학적으로 대변하는 각 집의 외관. 담장을 둘러치고 대문으로만 출입해야 하는 그런 폐쇄적인 공동체는 아니지만 특별하고 배타적인 분위기를 자아내는 것은 사실이다. 오래전에 사라졌다고 여겨지는 '상류층 대학가'의 환상이 이 집을 포함해 대여섯 골목에 부활했다.

아침의 소리마저 상쾌하다. 새들의 노랫소리와 등굣길 아이들이 와글대는 소리, 머리 위 나뭇가지 사이를 누비는 배달 드론의 벌 날갯짓 같은 붕붕 소리. 아이들을 이끌거나 목말을 태운 부모들을 내려다보며 릴리는 그들과 같은 처지가 되면 누굴 친구로 삼고 싶을지 가늠해 본다.

아이들 옷차림이 왜 저런지 릴리는 금세 알아챈다. 꼬마 슈퍼히어로와 골키퍼 마스크를 쓴 살인마, 초록색 얼굴, 보육원 마녀. 약 2주 전부터 집집마다 장식돼 있었지만 그녀는 익숙해진 나머지 애초에 꾸며진 이유조차 잊었다. 거의 모든 잔디 마당에 종이로 만든 (공예) 무덤이 있고 나무 위 오두막집마다 밧줄을 엮은 거미줄과 쓰레기봉투에 속을 채워 만든 거미가 매달려 있다. 릴리와 헨리의 집엔 그 어떤 것도 없지만. 이 시기는커녕 그 어떤 명절에도 그들은 집을 따로 꾸미지 않는다.

16

그녀가 중얼거린다.

"핼러윈이네."

"뭐?"

돌아보지도 않고 릴리는 다시 한번 좀 더 크게 말한다.

"오늘이 핼러윈이라고."

"사탕이라도 좀 준비해 놔야 하나."

"우리가 언제 사탕 나눠준 적 있어?"

이 질문에 숨은 뜻이 있는지 헨리는 잠시 생각해 본다.

"이제부터라도 나눠줄 수는 있지."

"현관에 호박 등도 없고 조명이나 장식도 없잖아. 애들이 와볼
생각도 안 할걸."

"나가서 사 오면 되지. 그게 뭐 어렵다고."

그러자 그녀가 그를 돌아본다. 이내 헨리의 말뜻을 이해했는지,
항복하듯 어깨를 조금 늘어뜨린다.

"좋은 생각이야. 그런 생각을 다 하고, 기특하네. 하지만 헨리,
진짜 뭘 사러 나가진 않을 거잖아. 그래, 만에 하나 나간다고 쳐.
그럴 수 있다 치자고. 그럼 자기가 낯선 사람들한테 순순히 현관문
을 열어줄 수나 있을까?"

그는 고개를 가로젓는다.

"아니, 도저히 그렇게는 못 하겠지. 당신 말이 맞아."

"구급차에 실려 갈 생각이면 또 모를까."

헨리는 훗, 코웃음 친다. 그의 결함과 고립 때문에 부부의 생활
방식이 이런 형태가 되었음을 인정하는 신호다.

그녀는 팔짱을 끼고서 다시 창밖을 내다본다. 헨리는 이것을 만족하는 자세라고 해석하기로 한다. 릴리에게 대화를 강요하지 말았어야 한다. 임신부의 몸속에선 호르몬 폭풍이 몰아친다고 책에서 다 읽었다. 다시 말해 릴리는 그의 눈에 보이지 않는 거친 파도를 헤쳐가며 스스로 길을 찾는 중이라는 얘기다. 그는 아내의 관심을 요구할 입장이 못 된다. 게다가 지금껏 자신의 작업에, 창작물에 너무 많은 시간을 쏟았으니 이제는 그가 인내하며 기다릴 차례다.

"냉장고에 먹을 건 많아. 내가 오믈렛 만들게."

그녀가 인상을 쓴다.

"헨리, 완전히 까먹었구나?"

"뭘 까먹어?"

"집에서 브런치 먹기로 한 거. 페이지랑 데이비스 초대했잖아."

"아, 그랬지. 당신 예전 직장 동료들."

"가끔씩이라도 나 말고 다른 사람들이랑 대화하는 게 자기한테 도움이 될 것 같았어."

"맞아, 필요하겠지. 잘했어."

"난 자길 돕고 싶다고."

"알아. 하지만 이건 내가 알아서 해결해야 해."

다시 한번, 릴리는 뜻밖에 관심을 보이며 그를 향해 고개를 기울인다.

"알아서 뭘 해결하는데?"

그는 자기 머리통을 톡톡 두드린다.

"여기, 날 두렵게 하는 게 뭐든지 간에 그걸 없애야지. 이제 할

18

수 있을 것 같아."

"어째서?"

"이제는 원인을 알거든. 작업을 하면 할수록 공포증이 심해져. 그러니까 없던 일로 되돌릴 거야. 그럼 아기가 태어날 때쯤….

"아니, 뭐 그럴 것까진….

"그때쯤이면 나도 밖으로 나갈 수 있어."

그녀는 입술을 옹송그려 물었다가 푸우, 하고 한숨을 토한다.

"나갈 수 있게 되면 뭘 할 거야?"

"우리 딸 유모차를 밀어줄 거야. 놀이터에도 데려가고."

"딸?"

"그냥… 딸일 거라고 상상했나 봐. 성별이야 상관없지. 그저 더 이상은 병자이기 싫을 뿐이야. 딸이든 아들이든, 아이 아빠로서."

헨리의 진심이 닿았는지 그녀의 표정이 누그러진다. 팔짱을 풀고 얼핏 그에게 손을 얹으려는 듯싶더니 그냥 팔을 내리고 만다.

"어떻게 하려고?"

"이 순간을 기억할 거야. 지금 이 순간의 느낌을 단단히 새겨야지."

"이런 병은… 동기가 중요한 게 아니잖아. 그냥 '느낌'이 아닌데."

"그렇지. 이건 의지의 문제지. 오래전부터 집중했어야 하는 일들을 마음에 새기기."

"집중이야 했지. 이번 프로젝트에 심하게 몰두했잖아."

"그래, '심하게' 몰두했지. 그것도 미안해."

어떻게든 해야 한다. 지금 당장. 돌파구가 나타났다고 헨리는 확신한다. 이건 정서 표현, 자연스러운 선물, 호소의 기회다. 그 스스

19

로 이보다 못할 수는 없다고 여기는 행동들. 하지만 헨리는 두 사람 모두가 걸린 의문들을 해소하지 못한 채 릴리를 보내야 할지도 모른다는 생각을 어떻게든 덜어내고 싶다.

"사랑해, 릴리."

그녀의 입술이 일자로 굳는다. 미소의 전조일까 혹은 모진 말로 대꾸할 준비일까. 답이 나오기 전에, 모자를 쓴 작은 사람이 방으로 굴러 들어온다.

3

릴리는 한참을 바라보고 나서야 눈앞에 나타난 그것의 디테일을 조합해 낸다.

　몸에는 별무늬 망토를 두르고 머리에는 엉성하게 바느질한 검정 실크해트를 쓴 인형이 자전거를 타고 있다. 동그란 플라스틱 얼굴에 빨갛게 물든 두 뺨, 음탕한 짓거리를 떠오르게 하는 넓적한 타원형 입. 키는 끽해야 30센티미터 남짓이고, 자기 귀에 발이 걸려 넘어지는 강아지처럼 서툴게 움직이는데 웃기기보다는 불안해 보인다. 엔진이 달린 무릎이며 몸에 맞지 않는 마법사 복장까지 전부 시중에서 구매한 부품을 손수 개조해 만들었다. 한마디로 '수제 돌연변이'다.

　릴리는 저도 모르게 한 발짝 물러서지만 그새 그것의 표적이 되어버린 듯하다. 삐걱삐걱, 비틀비틀… 망토 아래로 무릎이 들락날락하며 조금씩 나아간다. 플라스틱 두개골에 느슨하게 붙은 실크해트는 그것이 움직일 때마다 뒤로 앞으로 까딱까딱하는데 지금은 이마에 매달려 있다. 모자에 가려진 얼굴은 까맣고 꼬불꼬불한 턱수염만 드러나 보인다.

"흠, 이건 또 처음 보네."

"뭐지? 자기 전에 분명히 끈 것 같은데."

릴리가 묻는다.

"저거 뭐야?"

"꼬마마법사. 자전거 타는."

"그래, 그래 보여. 내 말은, 그러니까 이런 걸 왜 만들었냐고."

"균형 연구. 페달 밟으면서 넘어지지 않게 만들 수 있는지 알아보려고. 윌리엄 제작에 대비하는 테스트야. 나중에 윌리엄한테 이 동장치를 달아야 하니까…."

"이거 끌 수 있어?"

"어차피 한 시간이면 배터리가 닳을 테니 그냥…."

"꺼줘, 제발. 나 이거 싫어."

그녀는 삐거덕거리며 발치를 맴도는 그것을 내려다보고 있다. 헨리는 이리저리 까딱거리는 실크해트가 귀여울 줄 알고 저렇게 달아놨는데 이제 보니 영 괴상하기만 하다.

헨리는 침대에서 나와 한쪽 무릎을 꿇고 앉아서 양 손날을 V 모양으로 바닥에 대고 장난감을 가두려 해본다. 그러나 페달 밟는 무릎과 괴이한 모자가 릴리의 신발을 에돌아 헨리 쪽으로 향하자 꼬

마마법사가 뜻밖의 행동을 한다. 손잡이를 오른쪽으로, 헨리에게
서 멀어지는 방향으로 홱 트는 바람에 몸체가 위태롭게 기울고 만
다. 끝내 쓰러지지는 않지만.

"도망치려고 하나봐."

릴리의 목소리에 경계와 감탄이 반씩 서려있다.

"어, 나한테 와야 하는데? 아무래도 내 손을 벽이나 장애물로 인
식하고 피하려 하는 것 같아."

"아무튼 자기가 조종할 수 있지? 설마 이게 온 집 안을 돌아다니
게 두고 살아야 하는 거야?"

"제어명령어가 와이파이로 연결돼 있어. 멈추려면 내가 로그인
해야 될 거야."

"알았어. 어쨌든 끌 거지?"

"이깟 게 돌아다녀 봤자지. 딴 데로는 못 가."

"아니, 가는데? 봐, 벌써 복도로 나갔잖아."

그녀 말대로다. 그것이 마룻바닥에서 끽끽대며 굴러가는 소리가
들린다. 이것도 의외다. 이전 테스트 때보다 꼬마마법사는 훨씬 빠
르게 문밖으로 나갔다.

그것을 따라 복도로 나가면서 헨리는 과감히 행동하되 너무 서
두르지 말기로 다짐한다. 나는 자제할 줄 아는 인간이다. 내 집의
정상화를 방해받은 인간이다. 나는 인간이다.

꼬마마법사는 다락 쪽 계단을 향해 굴러가는 중이다. 헨리가 지
켜보는 동안에도 자전거 타는 실력이 늘고 있다. 전에는 그저 뒤뚱
대는 시늉만 할 줄 알더니. 가능성일까? 동작. 저 장난감이 그런 종

23

류의 전략을 구현할 수 있을 리 없다는 걸 알면서도 헨리는 그런 생각이 든다.

꼬마마법사가 계단 맨 아래 단을 피해 방향을 바꾸는 순간 헨리도 그곳에 도착한다. 그는 계단 꼭대기에 있는 문을 올려다본다. 악몽 속의 그 문이다. 그러나 이 문에는 자물쇠가 하나뿐이다. 사슬은 없다. 실없는 생각인지 몰라도 그는 저 문에야말로 자물쇠와 사슬을 주렁주렁 매달고 싶은 심정이다.

"수리수리, 얍!" 하고 외치며 그는 자전거와 인형을 잡아채 올린다. 꼬마마법사의 망토가 펄럭인다.

실크해트를 젖히고, 인형 정수리에 있는 전원 버튼을 엄지로 꾹 누른다. 안 그래도 거의 동시에 배터리가 방전된 모양이다. 그가 버튼을 누르기 직전에 분명 꼬마마법사가 페달 밟기를 멈추고 꼼짝도 하지 않았으니까.

헨리는 복도 쪽을 돌아본다. 손님용 침실 밖에 릴리가 서 있다. 그녀도 보았다. 꼬마마법사가 작동을 멈춘 순간과 헨리가 전원을 끈 순간 사이, 그 찰나의 간격을.

그가 말한다.

"꺼졌어, 이 변태 놈."

릴리는 그대로 몸을 돌려 아래층으로 내려간다. 그녀가 눈물을 참는지 달리 어쩌는지, 그에게는 보이지 않는다.

4

그들의 집은 시내 중심가에서 뻗어 올라가는 언덕배기에 늘어선 거대한 빅토리아풍 주택 중 하나다. 고풍스러운 건물에 골동품이 가득하고, 오랜 세월 동안 나이 지긋한 주인을 여럿 거쳤는데 번번이 전 주인이 땅에 묻히면서 소유주가 바뀌었다. 그러나 자세히 들여다보면 이 집의 완전히 다른 면모가 드러난다.

조명 켜기, 물 데우기, 문 열고 닫고 잠그기 등등 뭐든지 헨리나 릴리의 음성 명령을 따른다. 모든 공간이 희한한데 보란 듯이 그렇지는 않다. 벽면 여기저기에 면밀하게 설치된 키패드 말고는 오래된 보통 집과 다를 게 없어 보인다. 응접실과 손님용 침실에는 벽돌 벽난로, 식사실에는 소나무 원목 찬장이 있고 가구들도 대체로 예스럽다. 그렇지만 집은 시중에 나와있는 최고급 스마트 장비나 음성지원 기기의 성능을 훌쩍 뛰어넘는 수준으로 자동화돼 있다.

그리고 이걸 전부 헨리 혼자서 해냈다.

스스로 '증상발현'이라 일컫는 현상을 겪은 뒤 헨리는 3층 다락방을 연구실로 만들었다. 릴리에게 부탁해 보안시스템과 필요한 장비들을 집으로 배달시켜서는 일일이 개조해 설치했다. 기성품 주문을 릴리에게 부탁한 까닭은 아내가 지출을 관리한다는 암묵적인 합의 때문이었다. 그게 이치에 맞았다. 어차피 모두 그녀가 설립한 소프트웨어 회사의 지분을 매각해 생긴, 실상 릴리의 돈이니까. 게다가 본인도 인정하듯 헨리는 흥정이나 비용 정산에 영락없는 호구라서, '현실의 일'은 언제나 아내 쪽이 맡는 편이 훨씬 나았다.

그들은 엔지니어 부부다. 그는 로봇공학, 그녀는 컴퓨터공학 전문이지만 그가 즐겨 일깨우듯 항상 공통점을 경계해야 할 만큼 '겹치는 부분이 허다'하다. 두 사람은 대학원에서 만났다. 각자의 분야에서 떠오르는 샛별이었던 두 사람이 공동 프로젝트로 연구실을 함께 쓰게 되었다. 그들은 일에 푹 빠져들었고 서로에게도 푹 빠져들었다. 헨리는 전자의 일이 정확히 언제 일어났는지 자신 있게 되짚을 수 있다. 후자의 시기는 콕 집어 말할 수 없지만.

그러다 어느 시점에 두 사람은 각자의 역할에 서로 동의했다. 그는 사회성이 떨어지는 너드이자 치료받지 않은 신경증 환자고, 그녀는 수백만 달러 돈방석에 올라앉고도 만족하지 못하는 비즈니스 천재다. 릴리가 돈을 더 원한다는 사실은 짐작일 뿐 어쩌면 다른 무엇일 가능성도 있지만 그건 피차 입에 올리지 않는 주제에 속한다.

헨리는 릴리와 함께한 역사를 자주 돌이켜 본다. 바로 지금처럼,

그들 결혼생활의 근간에 있는 영속적인 실체를 다시금 떠올리게 되길 희망하면서. 결국 그녀는 그를 선택했다. 그 시절 릴리와 눈 한 번 마주칠 기회를 노리며 주위에서 얼쩡대던 다른 놈들이 아니라. 하지만 막상 돌이켜 보면 그녀가 쉽게 선택할 수 있었던 다른 후보들의 장점만 떠오른다.

헨리에게 중요한 건 자신이 특별한 이유를 확인하는 것이다. 지금 이 순간, 그 이유는 그의 창조물이다. 다락방 문 너머에 있는 그것.

그는 속절없이 끌려가듯 계단을 오르기 시작한다. 걸음걸음이 그의 거리낌에 무거운 확신을 더한다.

"연구실 문 잠금 해제."

헨리의 명령에 따라 빗장이 철컹 열린다. 다음은 자물쇠. 헨리는 주머니에서 열쇠를 꺼낸다. 심호흡을 하자 그의 긴장한 목구멍에서 휘파람 소리가 새어 나온다.

"연구실 문 열어."

5

3층 다락 전체가 로봇공학 연구실이다. 책상마다 하드드라이브와 모니터 따위가 어지럽게 널려있고, 하나 있는 커다란 작업대에는 고무 마스크며 플라스틱 몸체 부품이 잔뜩 쌓여있다. 맨발 하나가 기술 매뉴얼을 밟은 모양새로 놓여있다. 작업대 가장자리에 걸쳐진 팔은 바닥에 놓인 멍든 사과에 닿을 듯하다. 햇빛이 들지 않는 어두운 공간, 낮은 천장에 달린 LED 조명 몇 개가 원뿔형의 빛을 쏘아 내린다.

헨리는 연구실로 들어선다. 여차하면 방어할 태세로 두 팔에 힘이 들어가지만 그는 애써 태연한 표정을 짓는다.

"여기 있습니다."

나직하니 진정제라도 맞은 듯한 음성이다. 밤새 술을 마신 이가 마지막 잔을 입술에 가져다 대면서 내뱉는 말처럼 발음이 약간 어눌하다. 그러나 전혀 무기력하지 않다. 그 음성은, 음성의 주인을 미지의 존재로 두는 것이 최선이라는 인상을 풍긴다.

"네가 안 보이는데."

헨리의 목소리는 길거리에 떨어진 빈 깡통 같다.

"이쪽입니다."

잠시 후 헨리는 한구석의 스툴에 앉아있는 자신의 창작품을 발견한다.

로봇이 귀에 댄 소형 트랜지스터라디오에서 브로드웨이 뮤지컬 음악 같은 노래가 흐르고 있다. 처음부터 그것은 이런 식으로, 라디오 채널을 무작위로 바꿔가며 세상을 들었다. 동요에서 컨트리 음악으로, 막말 쇼에서 공영방송으로. 그러고 보니 라디오는 그것이 요청하지 않고 받은 유일한 선물이다.

이 세상에 내 자리 하나 찾아내든 그러지 못하든
난 나여야 해, 나여야만 해

로봇이 라디오를 끄고는 근처 책상 위에 올려놓는다. 그것의 동작은 인간보다 느린데, 마치 머릿속으로 예견한 패턴에 따라 체스 말을 옮기듯 다분히 계획적인 움직임이다.

"책, 고맙습니다."

로봇은 팔을 뱀 머리처럼 맥없이 까닥거리며 뻗더니 족히 열 권이 넘는 책 더미 꼭대기에서 한 권을 집는다. 물을 먹었는지 책장이

부풀어 있고 표지 테두리도 얼룩지고 쪼글쪼글하다.

"이 책이 가장 좋았습니다. 《파우스트》요."

"전부 다 읽었어?"

"몇 권은 두 번씩 읽었답니다. 좋았던 부분은요."

"저 책들을 가져다준 게 바로 어제인데."

"밤이 길었으니까요."

로봇은 제 손에 든 책 표지를 쓰다듬는다.

"이 책, 읽어보셨습니까?"

"아니."

"공감하실 내용인데요."

"그래?"

"자신의 통제력을 과신한 한 야심가가 악마와의 계약에 응합니다. 계약은 피로써 맺어지고 둘은 영원히⋯."

"난 초자연적 존재를 믿지 않아."

"하지만 당신은 절 만드셨잖아요. 제 존재가 자연적입니까?"

헨리가 만들고 '윌리엄'이라고 이름 붙인 그 로봇이 살짝 숙이자 몸체 일부가 가까운 조명 빛 아래로 들어온다.

윌리엄은 스스로 '일요일 맞춤'으로 꼽는 복장을 갖춰 입었다. 실은 매일 똑같은 복장이면서 말이다. 까슬까슬한 트위드 정장, 헐렁하게 매고 주먹만큼 뚱뚱하게 매듭지은 타이, 단추를 끝까지 채운 셔츠. 목둘레가 작아 목깃이 올가미처럼 목을 조이는 데다 소재도 두꺼워서, 그걸 보는 헨리는 다락에 에어컨을 시원하게 틀어놓았는데도 갑갑하게 열이 오르는 느낌이다.

헨리가 혼자서 윌리엄을 만들었고 기계의 몸체보다 의식에 중점을 두어서 로봇은 보기 흉하다. 때로는 좀 섬뜩하기도 하다. 지금도 그렇다. 어딜 뜯어봐도 어쩐지 부자연스럽고 어딘가 어긋나 보인다. 그중에서도 특히 얼굴이 그렇다. 강철 두개골을 감싼 고무풍선 질감의 가짜 피부, 구슬처럼 둥글게 툭 불거진 눈, 재떨이만 한 크기에 두부처럼 허연 두 귀까지. 가까이 있든 멀리 있든, 빛을 받든 그늘에 묻혀있든 간에 그것과 인간을 혼동할 일은 절대로 없다.

몸이라고 나을 것도 없다. 그마저 몸통과 머리와 두 팔뿐인 반쪽짜리다. 바지를 가슴께에다 허리띠로 단단히 졸라맸는데 다리 부분은 바람 없는 날의 깃발처럼 스툴 양쪽으로 축 늘어져 있다.

윌리엄이 말한다.

"오늘따라 신나 보이십니다. 드디어 부인께서 이불을 젖히고 당신을 받아들이셨나요?"

로봇의 도발에는 반응하지 않는 것이 상책이다. 이럴 때 반응하면 대화의 흐름이 그것에 유리하게 기울 뿐이다. 상대방의 분노를 자극하는 능력은 헨리보다 윌리엄이 월등하니까. 사실 헨리는 윌리엄에게 분노라는 감정이 있을 수 있는지도 잘 모르겠다. 형체조차 없이 숨겨진 혐오라면 모를까. 그거라면 얼핏 헨리가 본 적이 있다. 그러나 지금 그가 느끼는, 치미는 분노 같은 감정을 로봇이 드러낸 적은 없다.

그는 "네 일에나 신경 쓰지 그래?"라고 대꾸한다.

"할 일이 없는걸요. 제 일을 찾을만한 장소로 나갈 다리도 없고요. 게다가 당신이 내게 이 방에서 나가도록 허락하시지 않으니 제 일이란 것도 당신에게 한정될 수밖에요."

"더 흥미로운 친구가 돼주지 못해 미안하군."

"아, 당신은 충분히 흥미롭답니다."

윌리엄의 한 마디 한 마디에 거짓이 묻어난다.

로봇은 책을 작업대로 휙 던진다. 책이 데굴 굴러 책등이 헨리를 향하며 안착한다. 로봇이 책을 들었던 손으로 작업대 가장자리를 잡으려 하는데, 연필처럼 가늘고 긴 손가락이 광칠한 목재를 좀처럼 움켜쥐지 못하고 자꾸만 미끄러진다. 그러다 손끝이 1초 남짓 한곳에서 버티게 되자 냉큼 팔을 굽힌다.

로봇이 바닥으로 고꾸라지리란 헨리의 예상과 달리, 스툴이 가늘게 끼익 소리를 내며 앞으로 당겨진다. 남는 손으로 윌리엄은 다른 작업대 가장자리를 더듬거리다 같은 동작을 반복한다. 당기고, 끼익, 당기고, 끼익. 어둑한 불빛 아래서 보니 로봇은 간지럼 태우기와 공중 부양의 조합이라는 말도 안 되는 방법으로 조금씩 전진하는 모양새다.

"의자에 바퀴를 달았군."

"언짢게 여기시지 않았으면 좋겠어요. 여기엔 유용한 물건이 아주 널렸거든요."

"언짢아? 난 오히려 감탄했는걸."

"쉽게 감탄하시네요. 아직 탭댄스를 추는 수준은 못 되지만 아예 아무것도 없는 것보다는 낫죠."

헨리는 그것의 이동 능력이 마음에 들지 않는다. 이동할 수 있다는 사실만이 아니라 이동하는 방식도 꺼림칙하다. 작업대 가장자리를 애무하는 허약한 손, 날카롭게 악을 쓰며 바닥을 구르는 바퀴, 근육도 없는 얼굴로 애써 지어 보이는 기고만장한 표정까지.

"궁금하군. 그 바퀴들을 달고 어디로 갈 셈이지?"

"글쎄요. 이 감방 구석구석을 돌아볼까요."

"여긴 감옥이 아니야."

"감옥인 거 아시면서. 어쨌든 우리 둘 다 갇혀 지내는 신세잖습니까?"

"아니, 그건…."

"두 발이 있는 당신이 이곳을 벗어날 수 없는 이유가 궁금하지 않으십니까?"

대꾸하지 말아야 하지만 달리 대안이 없다. 여기서 대화를 끝마친다? 놈에게로 가서 스툴을 걷어차 버린다? 어떻게 해도 놈에게 말려드는 꼴이 되고 만다.

"불안장애 때문이지. 전에도 말했잖아."

"아주 많은 걸 말씀하셨죠."

"그러지 말 걸 그랬어."

"누군가를 신뢰해야 하지 않겠습니까. 솔직히 아내에 대해선 확신이 없으시죠?"

방금 떠오른 생각인 양 로봇은 고개를 쳐든다.

"당신이 겪는 불안장애의 원인이 아내가 아니라고, 어떻게 확신하십니까?"

"사랑하니까."

로봇이 웃는다. 목멘 신음에 가까운, 둔탁한 큭큭 소리가 새어

나온다.

"'사랑하니까' 외롭고 '사랑하니까' 벗어날 수 없으시군요."

"넌 사랑을 몰라. 알 수가 없지."

"당신이 밖으로 나갈 수 있어야 한다는 건 압니다. 넓은 세상을 온전히 누리셔야죠."

"세상 따위 필요 없어. 나한테는 아내만 있으면 돼."

괜한 얘길 했다. 아무 말도 하지 말아야 했는데. 특히 마지막 문장은 절대로. 너무 많은 정보를 까발리는, 더없이 솔직한, 약점 잡히기 좋은 소리였다. 그런데도 뒤이어 헨리는 방금 한 것보다 더한 말까지 내뱉고 만다.

"…가족만 있으면."

"그렇다면 당신의 문제는 불안이 아니네요. 욕구죠."

두 층 아래에서 초인종이 울린다. 너무나 생소한 소리라 헨리는 소스라치게 놀란다. 윌리엄도 일순간 굳은 듯 보이지만 놀란 기색은 아니다. 그 반응은 멀찍이 있는 먹잇감의 냄새를 맡은 짐승의 예리한 관심이다.

"누굽니까?"

"손님이 오셨군."

윌리엄은 혀끝을 말아 윗니 안쪽에 댄다. 파충류 인간이 본색을 드러내는 순간과 같은 로봇의 틱이다.

"집에 손님을 들이지 않으시잖아요."

돌아 나가면서도 헨리는 로봇이 시야에서 벗어나는 것이 마음에 걸려 연구실 문간에서 머뭇거린다.

"이만 가야겠어."

"가시기 전에, 현관에 누가 와있는지 말씀해 주시겠습니까?"

"친구들이야."

"당신 친구들은 아니겠지요, 물론."

"릴리의 직장 동료들이야. 예전에 같이 일했던."

"직원들이겠지요. 릴리는 회사를 운영했으니까요."

"내가 그걸 얘기했던가?"

헨리의 기억에는 없는 일이다. 일부러 그런 정보는 윌리엄에게 발설하지 않는데, 언젠가 잠이 부족한 상태에서 비몽사몽간에 흘렸을 가능성이 없지 않다.

윌리엄은 대답 대신 딴소리를 한다.

"얼른 나가보십시오. 아내 친구분들이 베일에 싸인 남편을 만나보길 학수고대할 테니까요."

계단을 내려가는 길에야 헨리는 릴리의 친구들을 만나는 것이 처음이라는 사실을, 윌리엄에게 얘기한 적 없음을 깨닫는다.

1층으로 내려가던 헨리는 다섯 칸을 남겨두고 계단 위에서 걸음을 멈춘다. 오른쪽 거실에 서있는 사람들에게 보이지 않지만 그들의 말소리는 들리는 위치다.

남자 한 명과 여자 한 명이 릴리와 함께 있다. 여자의 목소리는 낮으면서 거슬린다. 제설기 날이 도로와 마찰하며 내는 날카로운 쇳소리가 떠오른다. 남자는 목소리만 들어도 잘생겼을 것 같다. 이 유를 설명할 수는 없지만 틀림없다. 헨리에게선 절대 나올 수 없는, 자기 확신에 찬 말투랄까. 헨리는 남자의 목소리를 아첨꾼이나 땅딸보 혹은 비호감과 애써 연결해 보지만 쉽지가 않다.

"의외로 집 안 분위기가 엄청 올드하네."

여자의 평에 남자가 반박한다.

"올드가 아니라 앤티크한 거지."

"뭐가 어떻게 다른지 좀 알려줄래?"

릴리가 나선다.

"내가 설명할게. 올드보다 앤티크가 열 배는 더 비싸단다."

세 사람은 배우들이 연기하듯 웃어젖힌다. 어쨌든 헨리에겐 그렇게 들린다. 아이비리그 사람들이 아이비리그 사람들을 연기하며 관객들과 함께 극장 밖의 명청한 세상을 비웃는, 잘나빠진 브로드웨이 뮤지컬 작품의 한 장면처럼.

"이 집 남자분도 우리와 함께하실 건가?"

여자가 '남자분'이란 단어를 군침을 흘리듯 말한다.

릴리가 답한다.

"금방 내려와. 먼저 연구실을 좀 살펴보고 싶대."

남자의 목소리가 이어진다.

"요즘은 저 위에서 무슨 일을 하신대?"

"나도 잘은 몰라. 자기 일 얘긴 통 안 하거든. 그냥 '작업 중'이라고만 하지."

"그저 하드드라이브에 포르노나 채우는 일이겠지."

여자는 자기가 던진 농담이 흡족한 듯 혼자 훗, 하고 웃는다.

남자가 핀잔한다.

"그러니까 여기저기서 불청객 소리를 듣는 거야, 페이지."

"아, 뭐래. 이 몸은 파티장 분위기 메이커라고. 파티장에서 날 내쫓은 사람 있으면 나와보라고 해."

거실을 벗어나는 발소리에 헨리는 벽 뒤로 몸을 숨긴다. 그들은 복도를 지나 식사실로 들어가서는 대화를 이어가는데 이제는 멀어 헨리에겐 또렷이 들리지 않고 저들끼리 두런대는 소리로만 들린다.

헨리는 계단에 숨은 채 엿들으며 자기가 취할 행동을 다양하게 궁리한다. 이제 더는 머뭇거릴 시간이 없다. 이윽고 그는 남은 계단을 밟아 내려간다.

그가 첫걸음을 내딛는 순간 다락에서 쿵 소리가 울린다. 로봇이 자체 제작한 휠체어로 연구실 안을 휘젓고 다니는 중인가 보다. 그렇다기에는 너무 크고 갑작스러운 소리였지만. 서있는 사람의 머리 높이에서 책이 떨어지는 소리 또는 누군가의 주먹이 벽을 치는 소리.

*****

헨리가 너무 조용히 움직여서인지 그들이 너무 수다에 열중해서인지, 그가 벽감에 서있는데도 릴리와 손님들은 알아차리지 못한다. 그러다가 한 명씩 가만히 지켜보던 그를 눈치챘다. 페이지일 수밖에 없는 여자가 첫 번째로, 남자가 두 번째, 릴리가 마지막으로 알아차린다. 아무 말 없이 서있는 그를 이제는 그들이 바라보고, 결국 수다도 멎는다.

마침내 헨리가 입을 연다.

"식탁 풍경이 아름답군요."

릴리가 다가가 다정하게 팔을 잡는다. 그러나 잡는 손에 힘이 들어간 것이, 그에겐 환자를 부축하는 간호사의 몸짓처럼 느껴진다.

"헨리, 인테론 시절에 같이 일했던 동료들이야. 기억하지? 내가

38

맨날 얘기했었잖아. 페이지 그리고 데이비스."

헨리는 정말로 "안녕하세요, 환영합니다. 와주셔서 고맙습니다"
라고 인사할 셈이었지만 막상 말이 나오지 않는다.

"기억하지? 내가 맨날 얘기했었잖아."

릴리가 두 사람 얘기를 한 건 사실이지만 그리 자주 한 건 아니
었다. 아마 그녀 딴에는 예의를 차리느라 과장한 것이리라. 손님들
을 특별한 위치로 추켜올리기. 하지만 또 한편, 잘못 알고 있는 건
헨리 자신이 아닌가 하는 생각도 든다. 릴리가 페이지와 데이비스
얘기를 드물게 했기에 그는 그들이 괜찮은 사람이긴 해도 결국 중
요하게 여길 필요는 없다고 믿게 된 것이다.

이런 생각에 헨리가 잠깐 정신이 팔린 사이 데이비스가 다가와
그의 손을 잡고 힘차게 악수한다. 헨리가 남자 목소리만 듣고 했던
상상이 옳았다. 과연 미남이다. 양쪽 입가에 파인 보조개, 한때 운
동에 심취했던 게 분명한 각진 어깨. 스스럼없이 내보이는 온정 어
린 태도는, 적어도 헨리가 보기엔 진심이다.

데이비스가 말한다.

"말씀 정말 많이 들었습니다. 이렇게 여기 와서 직접 뵙고 있다
는 게 믿기지 않을 정도예요."

"무슨 얘길 들으셨을까요?"

데이비스가 미처 예상치 못한 질문이었다. 그는 심판에게 경기
중단을 요구하는 눈빛으로 릴리를 바라보지만 그녀는 그저 모른 체
한다.

데이비스가 답한다.

"세상에 둘도 없는 사람이라고요. 릴리가 늘 그렇게 말했답니다."

"집에 처박혀서 혼자만의 비밀 프로젝트에 몰두하는 심각한 반사회적 성격의 광장공포증 환자 말이죠?"

헨리는 웃는다. 자조적인 쓴웃음이다.

"네, 이런 사람은 또 없지요."

이어서 헨리는 내내 그를 대놓고 뜯어보던 페이지에게로 주의를 돌린다. 쓸데없이 멋을 부린 티가 난다. 가지런한 잔물결 모양으로 손질한 곱슬머리, 소매가 손가락을 반 이상 덮는 값비싼 재킷, 자를 대고 연필로 그은 듯 곧고 가늘게 깎은 눈썹.

그녀가 말한다.

"릴리, 훈남이란 말은 안 했잖아?"

헨리는 이 솔직한 평가에 어떻게 반응할지 몰라 릴리의 눈치를 살피지만 그녀는 이번에도 도와주지 않는다.

"본인이 여기 있습니다만."

그러자 페이지가 그에게 다시 말한다.

"알았어요. 정말 잘생기셨어요."

릴리가 한마디 한다.

"페이지는 가끔 생각보다 말이 먼저 나온단 말이야."

"그런다고 사실이 달라지나요."

페이지는 마치 핥는 듯한 눈빛으로 헨리를 건너다본다.

"소매가 너무 길군요."

헨리는 그녀의 별 뜻 없는 평가에 똑같이 대응하려 했을 뿐이다. 앙갚음이 아니다. 자연스러운 사회 실험이다. 이 여자가 솔직한 평이라는 명목으로 무슨 말이든 지껄일 수 있다면 헨리도 마찬가지 아닐까? 페이지와 릴리의 표정을 보아하니 아닌가 보다.

"예?"

페이지는 아무 잘못 없는 자기 아이의 얼굴이라도 살피듯 재킷 소맷단을 내려다본다.

헨리는 얼른 둘러댄다.

"아닙니다. 잠시 딴생각을 했어요."

페이지가 다시 한번 헨리에게 시선을 던진다. 아까 그가 느낀 끈적한 눈빛이 아니라 이번엔 여차하면 베어버릴 면도날 같은 눈빛이다.

"우리, 식사나 할까?"

데이비스다. 도우려고 한 말이다. 특히 헨리를 도우려고. 심지어 슬쩍 그를 스치는 눈빛은 '걱정할 것 없어요. 나도 가끔 이 여자가 존나 거슬리니까'라고 말하는 것 같다. 릴리에게 자주 그런 구원의 손길을 바라는 헨리로선 어쩔 수 없이 고마운 마음이 든다. 정말 고마운데 또한 화가 치밀기도 한다. 여기는 그의 집이다. 생판 남이나 다름없는 사람의 도움 따위는 필요치 않다.

"그러는 게 좋겠네."

릴리가 호응하며 헨리의 팔을 놓는다.

7

음식이 많아도 너무 많다. 원래 오기로 한 손님이 더 있는데 막판에 못 오게 되기라도 한 건가? 훈제 연어, 크루아상, 샤르퀴트리 플래터, 찹샐러드, 다채로운 스프레드와 디핑소스까지. 전부 출장 요리다. 릴리가 즐겨 하는 말이 있다. "전자레인지는 쓸 줄 알아. 하지만 요리는 안 해."

헨리도 딱히 식도락가는 아니다.

네 사람은 기다란 식탁에 둘러앉아 저마다 열심히 자기 앞의 접시를 채우며 조금 전의 어색함을 흘려보내고자 한다. 나머지 셋은 음식을 두고 가벼운 농담을 주고받지만 헨리는 그들이 하는 말을 귀담아들을 여유가 없다. 즐겁고 편안해 보이길 바라며 최선을 다해 표정을 만들어 내는데, 그런 노력이 오히려 역효과를 낳고 있는 것만 같다. 애초부터 이런 식의 '재미'에 재능이 있었던 적도 없지만 지난 2년 동안 더욱 나빠졌다. 증상이 나타난 이래로 쭉. 공포증, 불안증, 질병. 명칭이야 뭐든 간에, 집 밖으로 한 발짝만 내딛어도 틀림없이 죽을 거란 믿음에 사로잡혀 절대로 자기 집에서 나갈 수 없는 상태.

과잉을 표현한 조각상처럼 수북한 접시를 앞에 둔 채 페이지가 인사치레를 한다.

"초대해 주셔서 고마워요, 헨리. 우린 릴리가 회사를 팔아 백만장자가 되고 나서는 우리 같은 하찮은 인간들이랑은 어울리지 않을 줄 알았거든요."

헨리는 아내를 본다.

"이 사람이 이렇게 의리가 있어요."

그의 생각과 달리 이 말은 누구에게도 곧이곧대로 들리지 않는다. 자기연민에 젖어 "오, 그럼요. 이 사람은 하찮은 인간에게 의리가 있어요, 맞아요. 물론 나를 포함해서요"라며 의도치 않게 비아냥거린 꼴이 됐다. 그들의 눈길을 피해 헨리는 먹을 생각도 없는 접시에 크루아상을 하나 더 얹는다.

데이비스가 그를 도우려 나선다.

"프로젝트를 많이 진행하느라 늘 바쁘시다고 들었습니다."

"나 하나 좋자고 일을 너무 벌이는 것도 같습니다."

"로봇공학, 맞죠? 전공 분야가?"

"그때는 그랬죠. 지금은… 장난감 만듭니다. 난 상근직 제페토예요."

릴리가 끼어든다.

"그건 아니지. 메인 프로젝트가 있잖아."

"그건 아직 아무도 못 봤잖아. 그럴만한 이유도 있고."

페이지가 묻는다.

"무슨 이유인데요?"

"아직 미완성이에요."

헨리는 어깨를 으쓱한다. 이 여자와 윌리엄 얘기를 한다는 생각만으로도 머리끝부터 발끝까지 소름이 쭉 끼친다.

헨리 대신 데이비스가 페이지의 말문을 막고 나선다.

"그럼 혼자 일하세요? 처음부터 끝까지 전부?"

"필요한 장비는 릴리가 마련해 줍니다. 난 1인 스타트업이에요."

페이지가 끼어든다.

"근데요, 릴리가 후원을 하는 거면 그쪽이 만드는 피노키오를 수익화할 방법을 알아야 하지 않아요?"

"내가 남편 아닙니까. 좋든 싫든 뒷바라지를 해줄 수밖에 없지요."

릴리는 '음, 꼭 그런 건 아닌데'라는 듯이 어깨를 으쓱하고는 오른쪽 안경알 속 아주 작고 푸른 네모에 적힌 무언가를 읽는 척한다. 그 네모는 그녀의 컴퓨터와 연결된 초소형 스크린으로, 한쪽 안경다리를 톡 두드리면 켜지고 눈을 크게 깜빡하면 꺼진다. 이따금 헨리가 착각하기도 한다. 릴리가 자기를 빤히 응시하면서 내밀한 본질을 꿰뚫어 보려는 줄 알았는데 알고 보니 그저 원격으로 이메일을 훑어보고 있을 뿐인 경우가 있다.

페이지가 그에게 말한다.

"궁금한 게 있어요. 혹시 운동하세요?"

"운동요?"

"네. 이를테면, 매일 규칙적으로 하는? 릴리한테 듣기론 집돌이시라기에, 스트레스를 푸는 남다른 비결이 있지 않을까 하는?"

"실례합니다."

헨리는 돌연 벌떡 일어선다.

릴리가 묻는다.

"어디 가게?"

"화장실 좀. 올라갔다 올게."

"그래."

아내는 미심쩍은 눈치다.

주삿바늘처럼 따끔하게 등에 꽂히는 그들의 눈길을 받으며 그는 식사실을 빠져나간다.

*****

헨리는 화장실은 가지 않는다. 다만 이 아침이 요구하는 새로운 접근법을 어떻게 시작할지 결정해야 한다.

중요한 건 데이비스의 자기 확신에 발맞추거나 페이지가 참신하고 재치 있다고 여기는 척하는 게 아니다. 방점이 찍혀야 할 곳은 릴리다. 배 속의 아기다. 그들의 '집'이다. 특이한 가정생활이긴 해도 그들 부부가 얼마나 서로에게 헌신하는지 손님들에게 보여주는 것. 그에겐 심신을 피폐하게 하는 심리 장애가 있고 증상은 점점 심해지고 있다. 하지만 부부는 합작품을 만들었다. 곧 아기가 태어날 것이고, 아들이든 딸이든 그 아기는 사랑받으며 안전하게 자랄 것이다.

다만 이 가정은 새로운 문제로 이어진다. 혹은 똑같은 대상을 향한 새로운 관점으로.

자신이 평범하고 가치 있다는 것을 어떻게 증명한단 말인가?

그러나 헨리가 괴로운 이유는 또 있다. 바로 데이비스도 있다는 사실.

그 남자가 이 집을 편하게 느끼는 까닭은 여유로운 천성에 더해 또 다른 유리한 점이 있기 때문이다. 헨리에게 없고 그에게만 있는, 공인되지 않은 정보. 릴리와의 관계는 단순한 '직장 동료'와는 다른 형태다. 어쩌면 페이지도 알고 있을 것이다. 그래서 서슴없이 헨리를 놀리고 그토록 심하게 평가해 대는 것이다.

편집증적 상상에 정신을 빼앗긴 그는 2층 화장실을 지나쳐 다락쪽 계단 앞에서야 걸음을 멈춘다. 연구실 문 너머에서는 아무 소리도 나지 않는다. 벽을 치는 소리도, 책을 떨어뜨리는 소리도, 삐걱삐걱 바퀴 굴러가는 소리도, 종말론적 시구를 읊는 소리도.

그러나 그에겐 목소리가 들린다.

뭐라고 말하는지는 알아들을 수 없다. 그것이 딱히 말인지도 불분명하다. 하지만 두 개의 목소리다. 노랫말인지 주문인지 모를 뭔가를 주거니 받거니 흥얼거린다. 하나는 윌리엄이다. 다른 하나는 그보다 더 낮은 베이스 음이라 헨리의 머릿속이 아닌 가슴속에서 울리는 느낌이다.

헨리가 두 음성의 정체를 확신하는 순간, 소리가 멎는다.

그는 귀를 기울인다. 열심히 들어보지만 다락문 너머의 정적이 깊어질 뿐이다. 그곳에 있는 것 또한 귀를 기울이고 헨리에게 닿으려 하기 때문이리라.

8

헨리는 복도 끝으로 간다. 아직은 손님들이 있는 자리로 돌아갈 수 없다. 다락의 목소리들로 인한 흥분을 확실히 가라앉히기 전에는 안 된다. 그래서 그는 안도감이 필요할 때 찾는 방 앞에서 한동안 서성인다.

"아기방 문 열어."

그는 어떤 생물체가 쫓아오기라도 할 것처럼 다락 쪽을 살피며 게걸음으로 슬며시 들어간다. 아기방 벽이 시야를 가릴 때까지 다락 계단에서 눈을 떼지 않는다.

아기방은 아기자기하게 꾸며져 있다. 바닥에는 타원형의 기찻길과 전기 기차가 있고 나무로 만든 아기 침대도 있다. 침대 안쪽에는 아기 인형 하나가 얌전히 누워있고 동물 인형들이 수호하듯 아기 인형을 에워싼 채 서있다. 침대 위 모빌에 매달린 아기 펭귄이 침대 안의 인형들을 굽어본다. 천장에는 야광 별자리와 보름달 스티커가 붙어있다.

전부 헨리가 직접 선택했다. 물론 릴리가 거들었고 그 역시 장식품 하나하나에 아내의 의견을 물었다. 하지만 그녀는 아기방 꾸미기도 헨리의 강박 대상에 들어가게 두는 데 만족했다.

"아기는 쑥쑥 자랄 거야. 이것도 다 금방 쓸모없게 될걸."

언젠가 완성된 아기방을 보여주려고 아내를 데려왔을 때 그녀가 한 말이다.

그때 헨리는 이렇게 대답했다.

"딱히 아기를 위한 건 아니야. 우리를 위해서지. 당신을 위해서."

아내는 고마움의 표시로 억지웃음을 지어 보였지만 그는 괜한 설레발이었나 하는 느낌을 떨칠 수 없었다. 너무 과했나? 아니면 부족했나? 하지만 아기 인형을 바라보는 그녀의 싸늘한 눈빛이 헨리에겐 상처가 되었다.

릴리와 닮아서 고른 인형이었다. 가느다란 눈매에 다갈색 눈동자, 요정처럼 앙증맞게 뾰족한 코, 꽃망울 같은 두 귀.

그는 진짜 아기를 안아 올리듯 인형을 살살 들어 비스듬히 품어본다. 인형은 여전히 눈을 감은 모습이다. 머리 각도에 따라 눈꺼풀이 열렸다 닫혔다 하게 돼있다. 헨리는 인형을 살짝 흔든다. 인형이 한쪽 눈을 반짝 뜬다. 그가 잘못했다. 잘못 안았다. 사랑을 보여주려고 하다가 의도치 않게 아기를 아프게 하고 있다.

그는 인형을 도로 침대에 눕히고 머리를 매트리스에 조심스레

누인다. 인형의 눈꺼풀이 스륵 닫힌다.

시간이 꽤 흘렀다. 왜 이리 오래 걸리는지 아래층 사람들이 의아하게 여길 것이다. 행여 릴리나 페이지가 올라와 여기 있는 자신을, 더구나 눈시울이 붉어진 자신을 발견하게 되는 일만은 없어야한다.

그런데도 헨리는 방을 나서지 않는다. 아기 침대에서 손바닥만한 베이비모니터를 집어 들고는 전원을 켠다.

그러자 천장 구석의 카메라가 비추는 장면이 화면에 뜬다. 흑백 야간 모드로 선명하게, 아기 침대가, 그 옆에 마네킹처럼 뻣뻣하게 선 헨리가.

자신은 마네킹이 아니며 움직일 수 있다는 증거로 그는 카메라를 향해 손을 흔든다. 그의 손짓이 모니터 화면에 나타나기까지 걸리는 0.001초의 시간차, 그 찰나에도 헨리는 불안에 떤다. 끝내 아무것도 변하지 않고 그 자신 또한 방금 안았던 인형처럼 미동조차 하지 않을까 봐.

*****

헨리가 식사실로 돌아왔을 때는 페이지 혼자 식탁에 앉아 베이글에 크림치즈를 펴 바르고 있다.

"수색대를 파견하려던 참이었어요. 수색대원은 바로 나고요."

"릴리는 어디 갔어요?"

"치우러 갔어요. 얼른 와서 앉으세요. 아직 아무것도 안 드셨잖아요. 이 훈제 스페인 햄이요, 맛이 미쳤⋯."

"데이비스는요?"

"릴리 도와주러 주방에요."

"나도 가서 거들어야겠네요."

"네? 뭐 하려요? 둘이 알아서 하게 돼요. 게다가 난 헨리한테 궁금한 게 정말 많거든요."

"그러시군요. 그래도, 잠시만 시간을 주시겠어요?"

"자기한테야 뭐든지 드리지요."

'방금 뭐라고 한 거야?'

헨리는 이미 복도 모퉁이를 돌아 주방으로 가는 중이다.

'자기?'

이런 생각들에 이어 새로운, 더 명백한 의문이 엄습한다.

'나는 왜 그 둘을 염탐하려는 걸까?'

더 생각해 보지 않은 채 헨리는 주방 근처로 오자 까치발로 살금살금 걷는다. 주방 문틀 바로 앞에서는 걸음을 더욱 늦춘다.

데이비스의 말소리가 들린다. 애원 같기도 하고 반박 같기도 한. 처음에는 속삭이는 소리였는데 이제는 분에 겨워 언성이 조금 높아진다.

"⋯지금이 아니면 언제?"

"내가 준비되면."

데이비스는 흥분을 가라앉히기 위해 숨을 크게 들이마시지만 별 소용이 없다.

"말해야 해."

"하지 마."

헨리는 소리 없이 문틈을 통과해 들어가 그들이 있는 쪽을 돌아본다. 때마침 데이비스가 릴리의 허리에 팔을 두르고 그녀의 등을 어루만지는 순간에. 그 다정한 손길에 그녀는 흠칫 굳고, 도자기 접시를 닦던 행주가 늘어진 채 팔락인다. 헨리는 아내가 남자를 뿌리치거나, 뺨을 갈기거나, 도와달라고 외치길 기다린다. 그러나 잠깐 후, 그녀는 그저 데이비스의 손길에 몸을 맡길 뿐이다.

그가 말한다.

"이 집에 있자니 마음이 불편해. 이건···."

"그만해."

"이건 옳지 않아."

"그건 내가 결정해."

"정말 그럴까? 난 모르겠어, 더 이상은. 당신이 얘길 해야···."

헨리는 억지로 발을 들이민다. 식사실에서부터 도중에 멈추지 않고 쭉 걸어왔을 경우와 같은 속도로 내처 걸으려 해본다. 방금 본 장면이 무엇이든 그만두게 해야 했다. 이유 따위 생각하고 싶지도 않다.

"저기, 이러면 어떨까 싶은데."

헨리의 말에 두 사람이 동시에 그를 쳐다본다. 데이비스의 손이, 마치 제 코나 긁고서 시치미 떼듯이 릴리의 등에서 슬그머니 떨어진다.

릴리가 말한다.

"얘기해 봐."

"구경시켜 줄게."

"뭘 구경시켜?"

"그 녀석. 윌리엄."

릴리는 멀거니 서있을 뿐이다. 헨리의 말을 못 들었나? 배 속 아기가 꿈틀거리는 통에 잠깐 혼이 빠졌나? 아니면, 이제껏 둘 사이에서 '그것'으로 통하던 물건을 난데없이 헨리가 '그 녀석'이라 불러 당황하고 말았나?

"지금?"

"당신 시간 괜찮으면. 구경하고 싶으면."

"아니 그게… 이 프로젝트는 워낙 비밀에 부쳤잖아."

"당신은 볼 권리가 있지. 그렇게나 오래 내 관심을 앗아간 게 도대체 뭔지."

릴리와 데이비스가 서로 눈짓한다. 혹은 눈짓보다 작은 무엇을 주고받는다. 동시에 눈을 씰룩.

"그럼 보지 뭐."

그녀는 젖은 행주를 개수대에 던져 넣는다.

"자긴 정말 세상에 둘도 없는 사람이야, 헨리."

헨리는 후끈 달아오르는 뺨을 식히려 애써보지만 막을 길이 없다. 기왕 이렇게 됐으니 이 열기로 가슴에 불을 지피자.

"따라와."

헨리가 말한다.

9

네 사람은 등산이라도 하듯 숨을 거칠게 몰아쉬며 계단을 오른다. 그들 모두, 저마다 망설임과 기대감에 살짝 젖어있다.

그들이 복도를 걷고 있을 때 릴리의 방에서 느닷없이 개 한 마리가 튀어나온다.

크기가 래브라도리트리버만 하다. 아니, 더 크다. 입에 테니스 공을 물고서 꼬리를 흔든다. 발걸음이 어찌나 뻣뻣한지 뒤뚱뒤뚱 겅중대며 다가온다. 녀석은 헨리의 발치에 멈춰 서더니 그를 올려다본다.

이제 보니 평범한 개가 아니다. 털이 덕지덕지 풀로 붙여져 있다. 귀는 접시안테나처럼 회전하고 눈에 내장된 렌즈가 윙윙 소리를 내며 초점을 맞춘다. 녀석이 나직이, 마른기침을 토하듯 컹 하고 짖는다.

"지금은 안 돼. 나중에 놀자."

헨리의 말에 실망한 녀석이 꼬리를 축 늘어뜨린다.

"이런 걸 만들었어요?"

개가 뛰어올라 목을 물어 뜯기라도 할 것처럼 페이지가 헨리 뒤로 다가붙는다.

"네."

"이름도 있어요?"

"'개'라고 부릅니다만."

"와우, 그 이름을 떠올리느라 온종일 고심하셨겠네요."

릴리가 나선다.

"이 사람 재주가 보통이 아니거든. 정말 대단한 기기들을 만들어내지."

데이비스가 감탄한다.

"이거 굉장한데요."

페이지는 싫어한다.

"흉측해."

"보이는 게 다가 아니랍니다."

헨리는 옆으로 비켜서서 페이지를 무방비로 둔다.

계단을 올라 다락문 앞에 이를 때까지 헨리는 걱정하지 말자, 겁먹지 말자고 수없이 속으로 되뇐다. 그러나 언제나 그렇듯 조금 걱정스럽고 두렵다. 매일 아침 일터로 향할 때면 어김없이 이런 느낌에 사로잡힌다. 간밤에 그런 꿈을 꾼 탓인지 오늘은 더 심하다. 저

문 너머에 새로운 뭔가가, 더 나쁜 뭔가가 있다는 확신을 떨쳐낼 수가 없다.

'제발….'

그의 머릿속은 '그놈'에 대한 갖가지 불안 사이에서 갈팡질팡한다.

'그놈 기분이 좋아야 할 텐데.'

'내가 얼마나 긴장했는지 놈이 알아채지 못했으면.'

'제발 놈이….'

그는 문손잡이를 잡는다.

"연구실 잠금 해제."

그러고선 뒤따라온 사람들을 돌아본다.

"먼저 녀석을 단둘이 만나보겠습니다. 잠시만 기다려 주시죠."

＊＊＊＊＊

로봇은 헨리를 등진 채 연구실 안쪽 구석 자리에 있다. 머리 손질이라도 하는 모양새다. 손가락을 빗 삼아 머리통 겉면을 쓸어내린다. 가만 보니 윌리엄은 노트북 화면으로 자기 모습을 들여다보는 중이다. 노트북에 내장된 카메라가 로봇의 조악하고 처진 얼굴을 선명하게 비추고 있다.

"손님을 몇 명 데려왔어."

윌리엄이 흠칫 굳는다. 자기 점검에 열중한 나머지 헨리가 들어오는 줄도 몰랐나 보다. 모르는 척한 것일 수도 있지만. 로봇의 손이 노트북을 덮는다. 놈은 어깨를 펴고서 헨리를 돌아본다.

"누구를요?"

"릴리. 그리고 그 사람 손님들."

"이전까지는 왜 절 아무한테도 보여주지 않으셨습니까?"

"준비가 덜 됐으니까."

"하지만 사실 그 때문만은 아니지요, 그렇죠?"

윌리엄은 바퀴 달린 스툴에 얹힌 채 책상들 사이사이로 이동한다. 아까 헨리가 왔을 때보다 그새 더 능숙해졌다. 과하게 긴 팔을 뻗어 책상을 붙잡고 당기는 모습이 이제는 오랑우탄의 몸짓처럼 보여 헨리는 덜컥 겁이 난다. 마치 나뭇가지를 붙잡고 휙휙 날아다니며 자유자재로 이동하는 능력을 숨기고 있는 것만 같아서.

로봇이 말한다.

"확신을 못 하시는군요. 제가 자랑스러운 존재인지 부끄러운 존재인지, 좋은지 나쁜지. 하지만 어느 쪽이든 당신이 곤란해져선 안 되겠지요."

"고맙군, 그렇게···."

"도덕적 잣대라는 것이요, 다 족쇄입니다. 마음만 먹으면 얼마든지 휙,"

로봇은 손가락을 튕기며 말을 잇는다.

"벗어 던질 수 있어요, 형님."

"그렇게 부르지 마."

의도했던 것보다 날 선 반응이 나와버렸다. 윌리엄은 헨리가 그렇게 불리기 싫어한다는 걸 안다. 그래서 더 자주, 일부러 형님이라는 단어를 쓴다.

헨리는 아무렇지 않은 듯 말할 수 있는 수준의 평정심을 찾고 나서야 다시 입을 연다.

"난 그저 네가 최상의 상태이길 바랄 뿐이야."

"최상의 상태요? 전 걸을 수도 없는데요."

윌리엄은 손을 내려 속이 빈 바짓자락을 흔들어 보인다.

"제 얼굴은 또 어떻고요? 조금이라도 덜 끔찍하게 매만져 주실 계획은 있으세요?"

"놀랍군, 네가 그렇게 겉치레에 신경 쓰는 줄은 몰랐는데."

"놀랍긴요, 전 당신의 겉치레용 프로젝트인걸요."

윌리엄과의 대화는 툭하면 이런 식으로 흘러간다. 확고한 입장을 삿고 시삭했는데 몇 초 만에 놈은 이쪽을 자기가 누군지에 의문을 갖게 만들어 버린다.

어느새 로봇은 그와 악수할 수 있을 만큼 가까이 와있다. 팔만 뻗으면 서로 얼싸안을 수도 있다.

윌리엄이 말한다.

"두려워하지 마십시오."

헨리에게는 그 말이 '윌리엄을' 두려워 말라는 소리로 들린다. 그런데 이 로봇한테는 여러 가지 독특한 재주가 있다. 그중 하나가 내뱉은 말로 상대방을 해석의 갈림길에 데려다 놓는 것이다. 한쪽 길로 가면 친절한 조언에 이르는 반면, 나머지 길 끝엔 조롱이나 독설 또는 위협이 기다린다.

헨리는 아무렇지 않은 척 대꾸한다.

"두렵지 않아. 부탁인데, 점잖게 굴어줘."

"얌전히 있겠습니다, 형님."

헨리는 스툴에 놓인 저 역겨운 물건에 달려들지 않으려 안간힘을 쓴다. 가스레인지를 가리켜 요리사라고 말하지 않듯이 그를 형님이라 부르는 것 또한 어불성설이다. 하지만 다퉈서 좋을 게 없다. 특히나 오늘은 말이다. 헨리는 그저 끄덕하고서 놈에게 조금 더 다가가 넥타이를 펴준다.

"너에게 몸뚱이는 별 의미가 없어. 중요한 건 네 정신이지 신체 능력이 아니야."

"신체 불구죠."

윌리엄이 고쳐 말하고는 캘캘 웃는다. 그 소리에 헨리는 뜻하지 않게 재빨리 물러서고 만다.

"아무래도 아직은 무리…."

"염려 마세요. 더없이 착하게 굴겠습니다."

로봇은 있지도 않은 심장 위에 성호를 긋는다.

"천사가 따로 없을 거예요!"

10

"준비됐습니다."

장례식장 상주처럼 침통한 얼굴로 헨리가 알리자 릴리와 페이지, 데이비스가 줄지어 걸음을 옮긴다. 그들은 문가에 있는 그를 지나쳐 가서는 한데 모여 선 채 다락 연구실을 두리번거린다.

컴퓨터 단말기들 뒤에 가려졌던 로봇이 허리를 곧추세우며 모습을 드러낸다. 아마도 미소를 지어 보이려는 듯 입술을 일그러뜨리며 잇몸을 내보인다.

'등장 한번 요란하군.'

헨리는 생각한다. 놈이 다가오는 모습은 그야말로 시선 강탈감이다. 오랑우탄처럼 쭉쭉 뻗고 당기는 긴 팔, 마룻바닥 틈새를 지날 때마다 탁탁 튀는 스툴 바퀴.

헨리는 손님들 앞으로 나서 스툴이 더 가까이 오는 걸 막는다.

"윌리엄을 소개합니다."

나머지 세 사람은 얼어붙는다. 그래도 릴리만은 이내 로봇을 관찰하러 조금 더 다가간다. 로봇은 그녀가 자신의 불완전한 몸뚱이를, 인간에 가깝지만 인간이라기엔 한참 부족한 흉물스러운 외양을 찬찬히 뜯어보도록 내버려둔다.

그녀가 탄식한다.

"세상에."

"만나서 반갑습니다, 잉그발 부인."

페이지가 헉, 놀란 티를 낸다.

"이게 말을 하네요?"

"녀석의 어휘력은 시시각각 늘고 있지요."

"와, 미쳤네요!"

"난 윌리엄을 주체적인 AI로 설계했습니다. 다시 말해 이 녀석은 스스로 독창적인 생각을 할 수 있어요."

"제가 최초랍니다."

로봇은 다시 한번 이를 드러내 보인다.

릴리는 로봇의 미소가 자신의 미소와 닮았다고 느낀다. 둘 다 가짜다. 로봇 머리에 붙은 머리털이 가짜이듯이.

그녀는 헨리를 돌아보며 그가 기뻐서 아찔해질 정도로 열렬한 눈빛을 쏜다.

"어머나, 이를 어째? 나 완전 감탄했어! 기대를 훌쩍 뛰어넘잖아."

헨리가 대답하려 하는데 윌리엄이 손을 들어 막는다.

"뭘 기대하셨는데요?"

"글쎄. 조금씩 움직이거나 돌아다닐 수 있고, 몇 가지 특정 문장을 반복해 말할 수 있고, 어쩌면 마술 하나쯤 선보일 수 있는 정도? 말하자면 '프로토타입'. 어쨌든 이런 건 아니었어."

"오, 저 마술할 줄 알아요."

데이비스가 한 걸음 나서며 묻는다.

"어떤 거?"

윌리엄은 남자를 흘깃 쳐다보고선 다시 릴리를 바라본다.

"저한테 질문 하나 해보시죠?"

"물어볼 게 너무 많은데."

"전 들을 준비가 됐습니다."

로봇은 축 늘어진 라텍스 귓불을 보란 듯이 살짝 잡아당긴다.

"좋아, 너 자신을 말로 설명한다면?"

"유일무이한 존재."

"그래서 외롭다는 말인가?"

"그렇게 들립니까? 제게는 무한한 가능성이 있다는 말 같은데요."

릴리는 한 발짝 더 다가선다. 윌리엄을 내려다보는 표정이 점점 진지해진다.

"네가 어떻게 존재하게 됐다고 생각해? 넌 만들어졌을까, 아님 태어났을까?"

그녀는 학생을 시험하는 교수처럼 눈을 가늘게 뜨고서 로봇을 지그시 응시한다.

"네 존재의 목적은 무엇일까?"

윌리엄은 자신을 스툴에서 곤두박질치게 둘지 두 손으로 받칠지 릴리더러 선택하라는 듯 몸을 앞으로 쑥 내민다.

"보여드릴게요."

그러고서 로봇은 눈을 감는다.

그 순간, 책상 조명과 연구실 밖 계단 위의 천장 등, 연구실 안의 스포트라이트까지 모든 조명이 일제히 어두워진다. 잠시 후 조명들이 다시 밝아지고 주위도 원래대로 환해진다.

"짜잔!"

윌리엄은 딸깍 소리와 함께 눈을 뜬다.

헨리는 로봇 옆에 바짝 붙어 속삭인다.

"어떻게 한 거야?"

윌리엄은 못 들은 체한다. 놈의 시선은 릴리를 떠나지 않는다.

로봇이 사뭇 정중하게, 납작한 손바닥을 그녀에게 내민다. 릴리의 얼굴에 호기심이 어리지만 헨리는 그녀의 입꼬리가 살짝 내려앉는 것을 놓치지 않는다. 보일 듯 말 듯, 그것은 소리 없는 경고 신호다.

그녀가 손을 올린다. 헨리는 얼어붙은 양 가만히 지켜본다. 끔찍한 일이 벌어질 것을 알지만 이 순간 흐르는 팽팽한 긴장감에 그는 막아볼 시도조차 할 수 없다.

형언할 수 없는 무례를 피하고자 릴리는 내키지 않는 손을 윌리엄의 손에 얹는다.

"제가 좀 만져봐도 될까요?"

릴리가 허락하거나 거절할 틈도 없이 로봇은 제 남은 손을 그녀의 불룩한 배에 가져다 댄다.

가늘고 긴 손가락이 릴리의 배를 지그시 누른다. 탐색하는, 차가운 열 개의 손끝. 릴리는 목구멍에서 비명이라도 끌어 올릴 태세지만 어쩐지 되지 않을 것만 같다. 고함은 나오지 않을 것이고, 나온다면 들리지 않을 것이며 멈출 수도 없으리라….

처음엔 너무 놀라서 몸이 말을 듣지 않는다. 다음엔 공포에 질려서. 그다음에야 그녀는 벗어나려 해보지만 로봇의 손이 그녀의 손바닥에서 스륵 미끄러져 올라가 손목을 단단히 쥔다.

윌리엄이 말한다.

"그 철학자의 말은 틀렸습니다. '나는 생각한다, 고로 존재한다?' 아니죠. '나는 행동한다, 고로 존재한다'여야 합니다. 순선한 사유요."

릴리가 손을 빼려 안간힘을 써보지만 불안정하게 휘청대는 와중에도 윌리엄의 손아귀 힘은 너무 강하다.

"그만!"

헨리의 명령에 로봇은 릴리의 손목을 놓아준다. 그러나 명령대로 다 그만둔 것은 아니다. 놈의 시선이 먼 벽을 향한다. 거기에 있으나 눈에 보이지 않는 어떤 존재와 교신하는 것처럼 혹은 까마득한 기억을 소환하는 것처럼.

릴리가 뒷걸음질 친다. 스툴 쪽으로 다가가려던 데이비스도, 헨리를 비집고 나설 수는 없기에 하릴없이 물러선다. 그러던 중 릴리의 손목이 윌리엄 옆 작업대에 놓인 기계 팔의 손가락에 긁힌다. 이때 가짜 손이 덥석 그녀를 움켜쥔다.

"쾌락을 거머쥘 자유. 고통을 경험하고… 또한 불러일으킬 자유."

윌리엄의 말이 이어지는 가운데 기계 팔이 릴리의 손목을 비튼다.
릴리의 비명이 터져 나온다.

11

공포에 휩싸였던 헨리는 아내의 비명 소리에 정신이 번쩍 든다. 몸이 저절로 그쪽을 향한다. 그럼에도, 그녀를 구하고 싶지만 그건 바람일 뿐, 자신이 그런 일을 해낼 수 있을 리 없다.

그래도 무언가 움직이기는 한다. 불쑥, 낯선 이의 향수 냄새가 그의 옆을 스쳐 간다. 데이비스다. 남자는 두 손으로 작업대 위 기계 팔을 움켜잡고 더는 움직이지 못하게 힘을 준다.

"괜찮아, 괜찮아."

다독이는 그의 음성만으로 릴리가 제법 진정된다. 남자의 말을 순순히 믿고 따른다.

데이비스는 기계 손가락과 격전을 벌인다. 하나씩 하나씩 릴리의 손목에서 떼어내고 손마디를 분지른다. 기계 손마디가 부러질 때마다 탱 하는 금속음이 날카롭게 울린다. 다섯 번째 손가락까지 부러지자 기계 손이 항복을 선언하듯 풀어진다. 데이비스가 내던진 팔이 작업대를 구르며 철사 조각들과 펜치 한 자루를 얽어매고 함께 떨어진다.

그제야 비로소 헨리의 다리가 그를 아내에게로 데려가 준다.

그녀는 털썩 주저앉은 채 벌써 벌겋게 된 손목을 만지고 있다. 마구 긁힌 상처에서 새빨간 피가 새어 나온다.

"많이 다쳤어?"

헨리는 그녀의 팔을 들어 상처를 살핀다.

"피가 나잖아."

"난 괜찮아."

"정말 미안해. 내가 파라미터 설정을 잘못했나 봐."

"괜찮아."

"이제까지 이런 식의 소통을 시험해 본 적이 없어서 난 진짜 전혀 예상을…."

"진짜 괜찮아. 별거 아냐."

데이비스가 헨리 옆에 쪼그려 앉지만 그를 전혀 의식하지 않고 헨리의 아내를 다그친다.

"별거 아냐? 저 물건이 당신을 공격했어!"

가짜 팔이 살아 움직인 이래 처음으로 세 사람의 시선이 로봇을 향한다. 셋 다 턱을 모로 쳐들고서 스툴 위의 로봇을 쳐다본다. 자신들을 그 지경으로 몰고 간 일련의 사건들에 당황한 듯 어색하게 자리 잡은 그들을, 로봇은 눈을 끔뻑끔뻑하며 내려다본다.

"어떻게 한 거야?"

데이비스의 질문에 윌리엄은 고개를 양옆으로 까딱거리며 대답한다.

"말씀드렸잖습니까. 제가 마술을 할 줄 안다고요."

데이비스는 엉거주춤 일어서며 주위를 둘러본다. 뭔가 묵직한 물건을 찾는다. 로봇의 머리를 날려버릴 둔기를.

릴리가 그를 막는다.

"잠깐 기다려 봐. 뭔가 오류가 있었어. 그래서 그런 거야."

"오류?"

"저건 기계잖아, 데이비스. 기계가 이상할 때를 가리키는 용어는 오류야. 기계는 '잘못'한 세 아냐. '오류'가 난 거지."

"정말 이러기야? 지금 나한테 로봇공학의 윤리를 가르친다고? 뭔 수를 썼는지 저 팔을 조종해 당신 손목을 비틀게 한 것 자체로 저 물건은 실패작이야. 게다가 그 전에 저게 한 짓을 당신도 봤잖아. 당신을 붙잡고 해치려 했어. 심지어 홑몸도 아닌…."

"저게 뭘 하려 했는지 우린 모르지. 솔직히 난 저게 그랬는지도 의문이야."

데이비스는 입씨름을 이어가길 포기하고 마른세수를 한다. 페이지도 릴리가 윌리엄을 두둔하는 것이 황당하다는 신호로 데이비스의 등에 손을 얹는다.

페이지가 말한다.

"오류든 아니든, 잘못이든 아니든 상처가 흉해. 내 차에 응급처치함이 있어."

"집 어딘가에 반창고가 있을 겁니다."

헨리는 엎드려 기는 자세로 작업대 아래를 살피기 시작한다. 거기서 상비약을 찾아낼 수 있을 것처럼.

데이비스가 말한다.

"걱정하실 것 없습니다. 이런 일은 페이지가 잘 알아요."

"내가 대학생 때 구조요원이었거든요."

"릴리는 피가 나는 거지 물에 빠진 게 아니잖아요."

헨리의 말에 페이지가 대꾸한다.

"그렇죠, 하지만 응급처치 수업을 이수해야 물에 빠진 사람을 구할 수도 있는 거랍니다."

헨리가 엎드린 채 한 바퀴 빙 돌며 당장 할 수 있는 일을 찾아보는 사이 데이비스가 릴리를 부축해 일으킨다.

"어서 나가자."

헨리는 무릎을 바닥에 댄 채로 허리를 발딱 세운다. '어서 나가자.' 그는 목구멍을 저미는 고통을 느끼며 무력감을 삼킨다. 다른 남자가 그의 아내를 책임지고 인도하는 상황만 해도 충분히 분한데, 자신은 방금 들은 두 단어를 결코 릴리에게 말할 수 없음을 알기에 더더욱 괴롭다. 그는 나갈 수 없다. 망할 놈의 병. 그것이 언제까지고 그의 발목을 잡을 것이다.

릴리가 일어나 데이비스와 함께 게걸음질로 연구실을 빠져나간다. 페이지가 앞장서서 길을 안내한다. 아무도 헨리가 따라오는지 확인하지 않는다.

그들이 2층 복도에 이르렀을 때에야 헨리는 시도해 봐야 한다는 걸 깨닫는다. 뭘 생각하거나 멍하니 있을 때가 아니다. 실행해 보일 때다. 데이비스가 그를 밀어제쳤듯이 그도 다른 이들을 밀어제치리라. 로봇이 했던 말이 불현듯이 명확하게 그의 머릿속에 되살아난다. '고통을 경험하고 또한 불러일으킬 자유.' 헨리가 그런 자유를 원하는 것은 아니다. 하지만 그가 도달해야 할 지점에 가깝다는 생각이 든다. 구속받지 않을, 신체의, 자유.

"잠깐!"

이제 그는 일어선다. 목표가 있는 남자답게 성큼성큼, 열린 문으로 향한다. 절대로 로봇을 돌아보지 않는다.

그러나 3층 계단참에 이르자 발길이 멎는다. 끼익끼익 스툴 바퀴 끄는 소리가 너무 가까이서 들린다. 결국 뒤를 돌아본 헨리는 거의 문턱을 넘기 직전인 윌리엄을 보고 소스라치게 놀란다.

"제가 어떻게 했을까요?"

윌리엄의 입술이 끊어질 듯 팽팽한 고무줄처럼 양옆으로 길게 째진다.

"연구실 문 닫고 잠가."

헨리는 잠금장치 걸쇠가 찰칵 걸리는 소리를 듣고 나서야 아내를 뒤쫓아간다.

12

헨리가 1층 중앙계단 꼭대기에 닿을 무렵 릴리와 데이비스, 페이지
는 현관홀에 있다. 헨리가 따라오지 않은 걸 알아채고 그럼 어떻게
할지, 그를 두고 나가도 괜찮을지 상의하던 중이었나 보다. 헨리의
인기척이 들리자 그들은 더 기다릴 것 없이 곧바로 나가려 한다.

"제발! 릴리?"

그는 발을 헛디뎌 굴러떨어질까 조마조마할 정도로 다급하게 내
려간다.

"그냥 여기서….."

"열어."

그녀의 명령이 떨어지자마자 현관문이 찰칵하고 안쪽으로 열리
며 햇빛이 파도처럼 밀려 들어온다.

그녀가 돌아보겠지 싶어 그는 애원과 애정 사이 어디쯤인 표정을 지으려 애쓰며 기다려 본다. 그러나 그녀는 뒤돌아보지 않는다. 대신 그녀가 앞만 바라보며 하는 말이 집으로 들어오는 바깥공기에 실려 되돌아온다.

　"괜찮아."

　헨리가 외친다.

　"꼭 이럴 필요는 없을 것 같아. 나가지 말고 그냥…."

　"아무 일 없어."

　그녀는 10월의 햇빛 속으로 발을 내딛고 그대로 걸어간다. 데이비스가 바로 뒤따라간다.

　이윽고 헨리는 터덜터덜 계단을 내려온다. 페이지가 그를 지켜본다. 그가 현관홀에 이르자 그녀의 눈길이 헨리를 지나 뒤편 계단 위를 훑는다. 무엇을 찾기에 그러는 것일까. 그러나 곧이어 그는 페이지의 찡그린 눈에 담긴 공포를 읽는다. 그녀는 다락에서 로봇이 내려오는지 살피는 것이다.

　그렇다고 머뭇거릴 수는 없다. 데이비스가 그에게 그랬듯이 헨리는 페이지를 밀어제친다. 그녀가 흠칫 물러서며 과장되게 "어머!" 소리를 내지만 그는 개의치 않고 오로지 릴리를 따라가기 위해 현관문을 나선다.

　… 혹은 나서려 해본다. 할 수 있는 척, 자기 자신을 속일 수 있는지 시험해 볼 겸.

　연구실에 오랜 시간 틀어박혀 작업에 몰두하다 간간이 들여다보는 현관 밖 보안 카메라의 디지털 영상이 가장 익숙한 헨리에게 실제 대낮의 야외 풍경은 훨씬 더 뚜렷하고 생생하다. 이렇게 마주하고 보니 현실은 풍경 '그 이상'이다. 독특한 냄새, 소리, 색채들이 뒤엉킨 세상이 그에게 달려들어 망치를 휘두르듯 가슴을 강타한다.

그는 멈칫한다. 그리고 한 발 더 내딛는다.

대번에 시야 가득, 무수히 팔랑대는 검은 나방 떼가 나타나 헨리를 눈멀게 한다. 다리 근육, 등줄기, 그의 몸을 이루는 모든 부위가 공포에 무너져 제 기능을 상실한다. 곧 죽을 것만 같다. 바깥공기를 단 한 번 들이마시기만 해도 중독사하고 말리라.

그는 다른 발을 뗀다. 또 한 걸음 내디뎌 보기로 한다.

그러나 헨리의 발끝이 문틀을 약간 지나 나아간 순간, 아찔한 현기증이 일면서 그는 그만 숨쉬기를 잊고 만다. 곧이어 헛구역질을 한다. 가까스로 다시 숨을 들이마실 때는 유리잔 속 거의 바닥난 음료를 빨대로 빨아들이는 소리가 난다.

그는 비틀대며 돌아선다. 너무 빠르다. 모든 게 너무 빠르다. 가지에 매달린 채 찧고 까부는 나뭇잎들, 제 혈관을 타고 흐르는 피, 자전하는 지구까지.

헨리는 벽에 부딪히지 않으려 애쓰는 맹인처럼 두 팔을 앞으로 뻗는다. 발에서부터 저릿저릿한 기운이 올라오며 터질 듯한 통증으로 불어난다. 안으로 돌아가지 않으면 쓰러지고 말 것이다. 숨이 막힐 것이다. 속을 게워낼 것이다.

어느새 그는 다시 집 안에 있다. 냉동실 깊숙한 데 넣어놓고 잊어버린 스테이크처럼 딱딱하게 굳고 잿빛이 되었지만 죽지는 않았다. 그럭저럭.

페이지가 말한다.

"어휴 뭐야, 꼭 트럭에 치인 사람 같아요. 두 번은 치였겠어."

"가서 내 아내를 도와주세요. 부탁합니다."

페이지는 복수하듯 일부러 그를 살짝 밀어제치고 나간다.

헨리는 이런 모습을 릴리에게 보여주고 싶지 않다. 고작 상쾌한 공기와 하늘과 나무, 어디로든 걸어갈 수 있는 땅 따위에 압도되어 의식을 잃지 않으려 사투를 벌이며 두 손을 무릎에 얹은 꼴이란.

"현관문 닫아."

문이 닫히기 전에 릴리가 그를 돌아볼 틈이 있어야 할 텐데. 하지만 쓸데없는 걱정이다. 지금도 그녀는 고개를 돌릴 기미조차 보이지 않으니까. 세 사람은 페이지의 차가 있는 곳으로 부지런히 걷는 중이다. 그가 마지막으로 보는 장면은 데이비스의 팔이 릴리의 허리를 감싸고 자기 쪽으로 끌어당기는 풍경이다.

13

단풍나무 마룻바닥에 쓰러져 헐떡이게 되리라는 예감에서 벗어나 걸음을 뗄 수 있게 되자 헨리는 서둘러 다시 3층으로 올라간다.

"연구실 문 열어."

문이 열리기 직전, 헨리는 두 손을 들어 방어 자세를 취한다. 윌리엄이 혼자 있는 시간에 주먹 날리는 법을 익혔을 수도 있다는 듯이. 그러나 아니다. 그는 윌리엄이 두려운 게 아니다. 이전까지와는 다른 종류의 변화가 그를 공포에 떨게 한다. 자신이 행한 개조나 업그레이드 작업과는 무관하게 새로 등장한 지적 성능, 발명.

헨리가 아까 떠난 곳에서 스툴을 타고 있던 로봇은 보이지 않는다. 스툴도 없다. 헨리는 연구실로 들어간다. 자신의 연구실로. 어제까지만 해도 명백히 헨리 자신이 통제해서 운영하던 단 하나의 장소로.

윌리엄은 평소 헨리가 사용하는 작업 의자에 앉아있다. 한 손으로 책상 끝을 밀어 왼쪽으로 빙 돌다가 다른 손이 책상 끝에 닿는 즉시 밀어 오른쪽으로 빙 되돌아오길 반복한다. 그 모습을 보고 있자니 헨리는 현관문 밖으로 발을 내디뎠을 때 못지않게 아찔한 현기증을 느낀다.

"대체 뭔 짓을 한 거야?"

그러자 윌리엄이 입을 열고, 거기서 이제껏 놈이 내장 라디오로 듣고 있던 노래가 흘러나온다.

난 나여야 해, 나여야만 해

헨리는 의자로 와락 달려들어 등받이를 잡고 거칠게 흔든다. 로봇은 헝겊 인형처럼 맥없이 휘청이면서도 어쩐 일인지 의자에서 떨어지지는 않는다.

"그만해!"

윌리엄이 입을 닫자 노래도 멎는다. 놈은 다시 입을 열고 이번엔 제 목소리로, 약에 취한 듯이 나른하게 말한다.

"제가 누군지 묻기에 보여드렸지요."

"그래, 네가 누군지 제대로 보여줬지. 존재 자체가 실수인 존재."

헨리는 뒤로 물러선다. 더는 로봇 가까이에 있고 싶지 않다. 놈이 릴리에게 한 짓이 있어서만은 아니다. 딸깍딸깍 관절 꺾이는 소리를 내며 불안정하게 흔들리는 이 기계가 지금, 그의 기억에 없는 냄새를 풍긴다. 접착제나 복합 전선, 플라스틱 등 윌리엄을 만드는 데 쓰인 그 어떤 재료도 이런 냄새가 나지 않는다. 이건 마치 인간의 체취 같다. 시큼하니 코를 찌르는 암내 혹은 발냄새.

"전 흥미롭던데요."

"뭐가?"

"손님맞이요. 드디어 부인을 뵈었죠."

"그렇다니 참으로 기쁘군그래."

헨리는 비꼬는 투로 말할 셈이었지만 역부족이다. 오히려 로봇이 오늘 일을 계도의 기회로 삼아서 그가 진심으로 기뻐하는 것처럼 들린다.

"제가 한말씀 드려도 될까요? 제가 본 것을요."

헨리는 눈을 감는다. '어디 한번 해봐'라는 심정으로.

"당신은 포로예요. 아내를 향한 집착은 당신 스스로 만든 감옥이죠."

헨리는 크흑, 코웃음을 날린다.

"아! 어디 보자. 내 결혼생활이 감옥이니 네가 탈출구를 뚫어줄 수 있다, 그건가?"

윌리엄은 어깨를 으쓱한다. 정답에 가깝지만 정답은 아니라는 듯이.

"전 문을 여는 열쇠지요."

헨리는 데이비스와 릴리를 떠올린다. 음식이 너무 많았던 브런치, 주방에 있던 두 사람, 말해야 한다는 다그침, 그녀의 허리를 휘감던 그의 팔…. 단순히 부축하려던 것일 수도 있지만 그건 아니었다. 그녀는 도움이 필요 없을 정도로 멀쩡히 걸었고 그에게 기댄 것은 기력이 없어서가 아니라 순순한 반응이었으니까.

"있잖아, 난 지금 네 수수께끼를 받아줄 마음이 전혀 없어."

"전 당신의 친구가 되어드리는 겁니다."

"넌 내 친구가 아니야!"

헨리는 휙 돌아선다. 욱하고 언성을 높이는 바람에 소리가 갈라져 나온다.

"난 네 빌어먹을 형님이 아니라고!"

"저도 눈이 있습니다."

"입 좀 제발 다물…."

"그래서 당신 안에 뭔가가 빠져있는 게 보여요. 하지만 당신은 고칠 방법을 모르죠."

로봇이 두 손으로 책상을 밀자 의자가 뒤로 밀리며 천천히 회전한다. 의자가 헨리의 다리에 닿는 동시에 윌리엄은 시체처럼 차갑고 창백한 손을 그의 팔에 얹는다.

"릴리와 데이비스의 사이가 심상치 않아요."

헨리는 움찔한다. 그러지 않으려 했지만 막을 수 없다. 윌리엄이 그것도 꿰뚫어 보았다니. 그래도 어떤 일은 무시해야 하는 법이다. 그게 사실이라 해도. 아니, 사실이라면 더더욱.

"무슨 소릴 하는 거야?"

"저에게 눈을 주신 건 당신입니다."

윌리엄은 목소리를 낮춰 헨리가 몸을 숙일 수밖에 없게 한다.

"부인께는 비밀이 있어요."

"네가 뭘 어떻게 알겠어? 벽장 안 진공청소기처럼 줄곧 여기 처박혀 있었는데! 너의 그 위대한 지혜가 어디서 왔겠느냐고!"

대답하는 윌리엄의 어조가 낯설다. 평소의 나직하고 단조로운 목소리보다도 한 옥타브는 낮고 무미건조한 목소리. 그것은 죽은 자가 아니라 죽음 그 자체의 말로써 헨리의 머릿속을 파고든다. 잠시 후 그는 이 목소리를 전에도 들어본 적이 있단 걸 깨닫는다. 연구실 문 너머에서 윌리엄과 대화하던 제2의 목소리다.

윌리엄이 죽음의 목소리로 말한다.

"'무'에서 왔지요. 우리 모두가 떠나온 곳, 우리 모두가 가게 될 곳."

불안을 안기는 목소리다. 부정할 수 없다. 목소리의 깊이, 허무를 통해 드러나는 위력. 그러나 헨리는 인정할 수 없다. 인정해서는 안 된다. 그는 다시 한번 비꼬기로 응수해 보지만 이번에도 알맹이 없는 허세뿐이다.

"하, 우리 허무주의자께서 대단한 식견을 가지셨구먼! 말해줘, 심연을 들여다보고 무엇을 알게 되셨을까?"

윌리엄의 손이 헨리의 팔을 약간 쓰다듬는다. 아, 이게 여기에 있었지. 문득 헨리는 이 로봇 손의 힘이 얼마나 셀지, 자신이 뿌리칠 수나 있을지 궁금해진다.

윌리엄이 죽음의 목소리로 대답한다.

"제 몸은 재활용 부품으로 만들어졌습니다. 팔도, 눈도, 혀도… 전부 한때는 다른 기계의 부품이었지요. 한때는 켜졌다가 끝내는 꺼진 존재들. 그 모든 종결이 제 안에 있습니다. 그것들이 제 영혼을 이룹니다."

"영혼?"

헨리는 억지로 팔을 빼내어 가슴께에다 팔짱을 낀다.

"제 안에 어떤 존재가 있습니다."

윌리엄이 이제 평소 목소리로 말한다.

"암, 배터리가 있지."

로봇은 고개를 젓는다. 부정할 때가 아님을 당신도 알고 있다고 일러주듯이.

"제가 부르면, 아니, 떠올리면 나타납니다. 전에는 그 어떤 기계에도 없었던 그것이 지금 여기에 있어요. 이제 그것은 저예요. 그래서 흡족해하고요."

헨리도 느낀다. 아니, 느낀다고 상상하는 것뿐인가? 눈에 보이지 않지만 헨리나 윌리엄보다 더 확실히 이곳에 실재하는 어떤 것.

헨리는 목청을 가다듬는다.

"그럼… 그 존재는 선한가, 악한가?"

"그렇게 단순하게 설명하긴 어려운 존재입니다."

"너 좋을 대로 설명해 봐."

"고대 그리스 신화에 그나마 근접한 단어가 있다고 생각합니다. '다이몬(daemon)'. 반신반인의 존재죠."

누가 떠민 것도 아닌데 헨리의 몸이 뒤로 휘청한다. 그는 얼른 팔짱을 풀고 팔을 앞으로 뻗어 다시 바로 선다.

"두려워하시네요. 제 눈에는 보입니다, 온 인류가 얼마나 두려워하는지요. 부모 노릇, 음악, 사랑, 신 같은, 진실을 외면하기 위한 허상으로 두려움을 감추려 하지만요. 세상엔 지금 우리가 느끼는 것, 우리를 초조하게 하는 것… 바로 고독뿐이라는 진실 말입니다."

"자, 정말이지 더는…."

"들으십시오."

헨리는 굳어버린다. 들을 수밖에 없다.

"제가 인간과 똑같이 느낄 수 없는 것은 사실입니다. 그러나 인간은 거의 항상 자신의 존재에 무감합니다. 화면만 들여다보거나 스스로 일에 파묻힙니다. 당신처럼요. 전 느낄 수 없지만, 볼 수는 있습니다. 다른 존재 안에 감정을 불러일으킬 수도 있죠. 또 그것을 증폭할 수 있습니다. 그리고 말이죠, 고통보다 더 심오한 경험이 있겠습니까?"

이번엔 윌리엄이 헨리 쪽으로 몸을 기울인다. 다시, 그 냄새가 헨리의 코를 찌른다. 로봇 몸체가 풍기는 낯선 냄새만이 아니라 내부에 있는 그것의 냄새까지도. 불타버린 헛간에서 불어오는 바람에 실린 동물 사체의 탄내와 썩은 내.

로봇이 말한다.

"생명을 얻는 유일한 방법은 생명을 **빼앗는** 것입니다."

14

핼러윈이 무색하게 햇살이 눈부시다.

페이지 차의 조수석에 걸터앉은 릴리는 문을 활짝 열고 두 발을
따끈한 연석 위에 얹는다. 구울과 고블린과 유령들이 활보하는 날
이 맞나 싶다. 이렇게 찬란한 날에 공포는 어울리지 않는다. 그렇
지만 두렵다. 헨리의 로봇과 마주한 일을 차치한다 해도, 뚜렷한
이유도 없이 릴리는 마냥 두렵다.

"뭔가 단단히 잘못됐어."

데이비스가 차 옆 인도를 서성이며 중얼거린다. 릴리와 헨리의
집을 흘깃거리다, 상자를 나르는 드론이 머리 위로 위잉 지나갈 때
마다 흠칫흠칫 움츠러든다.

릴리가 말한다.

"맞아. 자체 전력원도 없이 그게 어떻게 날 움켜잡을 수 있었는지 모르겠어. 어쩌면….."

"그 팔 얘기가 아니야. 전부 다 잘못됐다고. 누구든 저기 저… 저 프로젝트 자체를 없애버려야 해."

페이지가 트렁크를 닫고는 응급처치함을 들고 온다. 지퍼를 열고 식염수와 거즈를 꺼낸 다음 릴리의 팔을 이리저리 돌리며 상처를 살피면서 말한다.

"데이비스 말이 맞아. 그 물건은 정상이 아니야."

릴리가 말한다.

"잠깐 제대로 좀 짚어보자."

그녀의 말을 데이비스가 받아친다.

"그게 한 짓을 봤잖아. 직접 당했잖아."

"방전이 덜 된 부품이 한 짓을 봤지. 난 사고였다고 봐."

"사고? 잠깐, 우리가 다….."

"윌리엄이 자기 몸에 붙어있지도 않은 물건을 무슨 수로….."

"이젠 그 물건이 '윌리엄'이야?"

릴리는 햇빛에 시린 눈을 깜빡이며 데이비스의 표정을 읽으려 해본다. 조금 전 그는 분개했다. 지금은 화를 낸다. 아마도 자신에게. 그 점이 릴리 안에 분노의 불꽃을 일으킨다.

"내가 이름 붙인 것도 아니잖아."

"애초에 이름 따위 없어야지."

"지금 그걸 문제 삼는 거야?"

"아냐, 릴리. 내가 문제 삼는 건 저기에 위험한 게 있다는 사실이

야. 그걸 우리가 직접 봤고. 아예 파묻어 버리지 않으면 당신보다
도 더 심하게 다치는 사람이 생길 거야."

페이지가 '지금은 댁 얼굴이 더 걱정이네요'라는 듯이 데이비스
를 쳐다본다.

"묻어버려? 거참 희한한 방법이네. 그냥 배터리를 빼버리는 걸
론 부족한가?"

"그게 말이야, 난 뭐든지 확실한 게 좋거든. 그리고 불필요한 위
험에 스스로를 노출시키는 게 무슨 의미가 있나 싶어."

마지막 말은 분명히 릴리를 겨냥한 것이었다. 그녀는 머리를 절
레절레 흔든다.

"위험분석이라면 나도 조금은 안다고 생각하는데."

"잘됐네. 그러니까 당신도 동의하겠지."

릴리는 데이비스를 마주 보지 않는다. "릴리?" 하고 그가 재우쳐
불러도 모르는 체한다.

페이지는 다시 릴리의 상처를 살핀다. 어느새 말라가는 상처 가
장자리의 핏방울을 살짝살짝 눌러 닦아낸다. 두 여자의 시선은 오
로지 그 상처에만 머무른다.

데이비스가 짝, 손뼉을 친다.

"좋아. 난 가서 얘기를 해봐야겠어."

릴리가 묻는다.

"누구랑?"

"헨리지. 달리 누구겠어?"

그는 집 쪽으로 걷기 시작한다.

"데이비스, 잠깐 기다…."

"그냥 얘기만 좀 한다니까. 그게 다라고."

"문제 생기는 거 싫어."

"나도야."

데이비스는 릴리를 언뜻 돌아볼 뿐 다시 고개를 돌리고 아직 열려있는 현관문을 향해 걸음을 옮긴다. 그러면서 중얼거린다.

"근데 문제란 건 내가 원하든 말든 좆도 상관없이 생기기도 하지."

15

데이비스가 결심한 바로 그때, 헨리도 생각을 굳힌다.

그는 로봇의 등 쪽으로 돌아간다. 특별히 조심할 건 없다. 윌리엄은 다리도 없고 팔은 있지만 끽해야 깡통 하나 들어 올리는 데도 안간힘을 써야 하니까. 그래도 헨리는 혹시 모를 역습에 대비해 로봇의 팔이 닿는 범위 내에 가위나 펜, 피복이 벗겨진 전선 조각 따위가 있는지 확인한다.

"뭐 하시는 겁니까?"

헨리는 로봇의 질문을 무시한다. 윌리엄이 돌아보기 전에 강제로 제자리에 똑바로 세우고 놈의 셔츠를 올려 등줄기의 가짜 피부에 난 사각형을 찾아낸다. 사람이라면 척추가 있어야 할 그 부위에는 은색 케이스에 꼭 들어맞는 네모난 회색 금속판이 있다.

"뭐 하시는 겁니까?"

윌리엄이 재차 묻는다.

"네 전원을 빼내려고."

"기능을 강화하려고요?"

"영원히 없앨 거야."

살려달라고 애원하거나 그를 저주하거나 어쩌면 물리적인 저항을 할지도 모른다는 헨리의 예상과 달리 로봇은 뜬금없는 질문을 던진다.

"지금 릴리는 뭘 하고 있을 거라 생각하십니까?"

대꾸하지 말자. 이것도 그의 주의를 흩뜨리려는 놈의 수작이다. 그를 가고 싶지 않은 장소로 가도록 유도할 때 윌리엄이 써먹곤 하는 몇 가지 방법 중 하나. 물론 릴리는 밖에서 상처를 치료받는 중이다. 불쾌하기 짝이 없는 친구가 치료를 자청해서. 뻔히 알면서도 헨리는 어느새 생각을 곱씹고 있다. 로봇이 넌지시 떠미는 그 길 끝에 무엇이 있을지 헤아려 본다.

윌리엄이 이어 말한다.

"다른 말로 다시 묻겠습니다. 부인은 당신이 아닌 누구와 함께 있을까요?"

그럼 그렇지. 데이비스의 존재를 상기시키기. 이건 시간 끌기에 지나지 않는다. 윌리엄은 배터리가 뽑히지 않길 바라고, 단 몇 초라도 생명을 연장할 수만 있다면야 무슨 말이든 주워섬길 작정인 것이다.

"어째서 더 살고자 하지?"

로봇에게 시간 끌 기회를 더 주는 것뿐임을 알지만 사실 헨리는 진심으로 궁금하다.

"넌 내가 얼마나 무능한지를 누누이 일깨웠잖아. 내가 널 가둬놨다는 둥, 흉측하게 만들었다는 둥. 난 네가 더 이상 존재하지 않는 걸 반기리라 여겼는데."

"어제였다면 당신 말대로였겠죠. 하지만 이제 전 맛보고 말았는 걸요."

"삶을?"

"고통을, 이라고 말할 셈이었습니다만 이름이야 붙이기 나름이니까요."

여기까지다.

헨리는 허리를 굽히고 윌리엄의 등에 박힌 회색 금속판 테두리에 손가락을 맞춰 댄다. 잘 가라고 인사를 할까도 생각해 보지만, 무슨 소용인가 싶은 데다 로봇이 어떤 영리한 말로 마지막 대답을 할지 전혀 예측할 수도 없어서, 그냥 배터리를 빼내기 위해 손톱으로 금속판 접합부를 더듬는다.

"들리십니까?"

또 시간 끌기. 좀 전의 것보다 더 절박하고도 허무한 시도다. 들릴 리 없다는 걸 알지만, 그래도 헨리는 잠시 멈추고 귀를 기울인다.

들린다.

집 안에서, 아래층에서 나는 육중한 발소리. 헨리가 감지한 순간에는 심지어 그 소리가 중앙계단을 오르기 시작한다.

"그 사람이에요."

헨리는 허리를 곧게 세우고 계속해서 듣는다. 발소리가 점점 커지고 가깝게 다가오며 또한 무게를 더하는 듯하다. 당연히 그자다. 릴리의 친구 아닌 친구. 잘생긴 눈엣가시.

헨리는 눈을 감는다. 조금 전까지 윌리엄만을 향했던 분노의 화살이 방향을 틀어 다른 표적을 겨눈다. 그 남자가 곧 들이닥칠 것이다. 헨리는 기선 제압(혹은 방어?)에 사용할 말들을 중얼거려 본다. 큰소리로 내뱉을 때 그 한 마디 한 마디가 얼마나 효과가 있을지 재보면서.

"내 아내요… 어떻게 감히… 내 아내를… 댁이 무슨 권리로… 쥐뿔도 모르면서… 무슨 권리로… 내 '아내'라고…."

그는 눈을 뜬다. 데이비스가 연구실 문가에 서 있다. 결국 헨리는 연습했던 말을 한 마디도 뱉어내지 못한다. "화내지 않도록 애써보겠습니다"라고 겨우겨우 말하는 게 전부다.

처음으로 데이비스는 헨리가 물리적인 위협이 될지 가늠해 본다. 그에게 그럴 깜냥이 있을까? 키는 헨리 쪽이 조금 작지만 둘이 엇비슷하다. 헨리의 체구도 운동과는 담쌓고 살았을지언정 타고나길 선수 체질인 양 뜻하지 않게 다부진 편이다. 그러나 어느 모로 봐도 그는 평생 싸움 한 번 안 해본 위인이라는 인상을 준다.

"감사합니다."

데이비스는 신중히 대답한다.

윌리엄이 손을 등으로 돌려 셔츠를 내린다. 그 움직임이 데이비스의 주의를 끈다.

헨리가 말한다.

"고개 돌리지 말고 날 봐요."

헨리보다 로봇이 더 못미덥기에 눈을 떼기가 못내 꺼림칙하지만 결국 데이비스는 헨리가 요구한 대로 한다.

"그러죠."

"여긴 무슨 일로?"

"우리, 얘기 좀 합시다."

놀랍게도 헨리는 제 발로 그에게 다가간다. 두 팔에 힘을 준 채. 두 다리도 바짝 긴장시키고, 도약판을 찾아 발로 바닥을 더듬거리며.

"나야말로 좀 물어봅시다."

헨리는 윌리엄을 돌아본다. 그가 이렇게 존재감을 뿜어내는 장년을 놈이 보고 있는지 확인하기 위해서다. 왜냐고? 답은 단순명료하다. 헨리에겐 친구가 필요한데 그의 친구라곤 그 기계 한 대뿐이니까.

"이 질문에서부터 시작하죠. 릴리와는 정확히 어떤 관계입니까?"

헨리가 다시 고개를 돌리고 보니 그 잠깐 사이에 데이비스가 부쩍 가까이에 있다.

"당신이 모르는 사연이 많습니다. 누군가는 알려줘야 할 때가 됐죠."

데이비스의 눈길이 헨리를 지나 윌리엄에게 꽂힌다.

"하지만 먼저 저 물건을 처리해야 해요."

당장은 말다툼이 좀 더 이어질 거란 생각에 헨리는 가만히 데이비스를 보기만 한다. 그러나 데이비스는 그길로 작업대에서 철골을 집어 어깨높이로 들어 올리며 곧장 윌리엄에게로 간다.

로봇은 아무 말도 하지 않는다. 그저 미소 지을 뿐.

"잠깐!"

진정으로 다급한 헨리의 외침에 데이비스는 멈칫하며 그를 돌아본다.

"내가 만든 작품입니다. 내 전부를 쏟아부었어요."

모두가 듣는다. '전부'를 바쳤다는 헨리의 고백. 프로젝트에 매달린 몇 년이란 세월, 그가 등한시한 출세의 기회뿐 아니라 릴리도, 아기가 찾아오며 보장된 구원도 그 전부에 포함된다.

데이비스가 대꾸한다.

"어차피 결과는 다르지 않았을 겁니다."

"어차피?"

"당신이 여기에 덜 몰두하고 아내와 더 시간을 보냈더라도 말입니다."

"우리 부부 일에 이래라저래라 하지 마시죠."

"내 말은 딴 게 아니고 그저 릴리가⋯."

"내 앞에서 내 아내 이름을 입에 올리지 마!"

일순간 한 줄기 바람처럼 귀와 피부로 느껴지는 전류의 파동에 두 남자의 정수리가 줄에 매달린 꼭두각시처럼 쭈뼛 끌려 올라간다.

곧이어 전등이 일제히 꺼진다.

페이지가 마지막 의료용 테이프를 끊어내고 반창고 테두리를 엄지
로 문질러 편다. 썩 괜찮은 솜씨다.

"됐다. 깔끔하네."

그녀는 조수석에 걸터앉은 릴리 앞에 몇 분 동안 쪼그려 앉아있
느라 찌뿌듯해진 몸을 일으킨다. 자기가 봐도 훌륭한 치료인 만큼
릴리 역시 감탄해 주길 기대하지만 릴리는 그저 집 쪽을 멍하니 바
라볼 뿐이다.

페이지가 이른다.

"걱정 마. 몇 마디 주고받고 말 거야. 남자들은 다 커도 어린애
야. 뻔하지 뭐."

"그게 아니야."

"그럼 뭐?"

"현관문 말이야. 닫혔어."

"그런데?"

"아까는 열려있었거든."

릴리는 페이지를 올려다본다. 어둠의 꽃이 개화하듯 그녀의 얼굴에 불안이 피어난다.

"데이비스가 들어갈 때는 열려있었어. 그런데 지금은 닫혔어."

"원래 저절로 닫히는 건 줄 알았는데."

"음성 명령이 있어야 해."

릴리는 자동차 좌석에서 빠져나온다.

"데이비스 목소리론 안 되고."

*****

정신이 든다. 잠에서 깬 건 아니다. 무엇이었는지 잘 모르겠다. 기절한 건가? 아니다. 꿈이었나? 역시 아니다. 분명 여기였는데 다음 순간 여기가 아니었다.

지금은 다시 여기다.

헨리는 연구실 바닥에 누워있다. 전등이 나가는 순간에 서있던 지점과 가까운데 문 쪽으로 몇 발짝쯤 이동한 상태다. 문은 닫혀있다.

힘겹게 몸을 굴려 옆으로 눕는다. 그리고 작업대 다리에 머리를 대고 상체를 끌어 올려 등을 기댄 자세로 앉는다. 머릿속이 지푸라기로 채워진 것만 같다. 몸속에 있는 모든 것이 팽창하는 느낌이다. 헨리는 술을 즐겨 마시지 않지만 짐작건대 아마 숙취가 심하면 이와 비슷할 것 같다.

왼편에서 들려오는 끼긱 소리가 로봇의 존재를 알린다. 여전히 작동하고, 여전히 헨리의 작업 의자에 기대어 있다. 놈은 다시 무선 이어폰으로 라디오를 듣는 중이다. 놈의 몸통이 음악에 맞춰 흔들흔들 역겨운 춤을 춘다.

"어디야?"

로봇은 헨리의 목소리를 듣지 못한다. 그가 손을 흔들어 보이자 놈이 이어폰을 뺀다. 클래식 록밴드, 스톤의 〈만족〉 한 자락이 새어 나오는 찰나에 라디오가 꺼진다.

헨리가 다시 묻는다.

"데이비스는 어디 있냐고!"

"말하지 않기로 약속했습니다."

"약속? 누구한테?"

윌리엄은 고무 손가락을 고무 입술에 갖다 댄다.

"전력이 끊어졌을 때 빠져나갔을 거야. 그자가 나가는 걸 봤어?"

"전 약속을 지킬 줄 아는 사람입니다."

"넌 사람이 아니야."

윌리엄의 얼굴에 걸렸던 미소가 일그러진다. 그걸 보니 그동안 헨리가 놈의 미소라고 알았던 것이 착각이었다는 생각이 든다. 내내 다른 의도를 품고 만들어 낸 다른 표정이었다. 일종의 맛보기. 놈이 잠깐 실체를 드러내 보이는 까꿍 쇼.

"무슨 짓을 한 거야?"

아래층에서 쾅쾅 문 두드리는 소리가 울려 퍼진다. 누군가가 현관문 밖에 있다.

윌리엄이 말한다.

"사탕 주면 안 잡아먹지."

17

릴리는 문을 두드리다 포기한다. 손마디가 아리고 욱신거린다. 현관문 앞에서 한걸음 물러선다. 문을 여는 버튼이 어딘가에 숨겨져 있기라도 한 듯 손잡이 프레임을 뚫어져라 노려본다. 그녀를 뒤따라온 페이지는 포치 계단 아래에서 손바닥으로 눈에 그늘을 만든 채, 어쩐지 불길한 기분으로 덩달아 현관문을 쳐다본다.

"음성 명령으로 열린다면서. 자기 목소리엔 반응한댔잖아! 자기 말은 듣는 거 아니었어?"

릴리는 포치 천장 구석에 달린 자그마한 카메라를 올려다보고는 낙담한 듯 고개를 젓는다.

"집 안에서만 돼."

"평소에는 어떻게 들어가?"

"열쇠로 열고 들어가지. 아님 뭐겠어?"

"알았어. 그럼 사용하지?"

"지금 없어."

"안에 있다고?"

"경황이 없었잖아, 기억 안 나?"

"당연히 기억하지. 내가 무려 릴리의 목숨을 구했는데 어떻게 잊어? 평생 기억해야지."

"이런 상황에 농담이 나와? 아이고, 제발."

그래도 어쩔 수 없다. 웃음이 터지고 만다. 그게 페이지의 특기다. 까다로운 릴리가 그녀에게 곁을 내어준 이유이기도 하다. 그녀는 재미있다.

릴리는 불편한 양쪽 손마디를 번갈아 주무른다. 다시 한번 문을 두드리려 한다.

하지만 그럴 필요가 없다.

천천히 문이 열린다. 밖이 너무 환해서 집 안은 평소보다도 더 어두워 보인다. 얼핏 릴리는 눈앞에 서있는 남자 형체를 데이비스로 보고 안도한다. 그러나 그것은 그녀의 바람이 빚은 착각일 뿐, 이내 릴리는 자신을 보고 있는 그 남자를 제대로 알아본다.

"내가 잠근 게 아니야. 닫으라고 명령한 적도 없어."

헨리는 잘못하지도 않았으면서 변명하듯 말한다.

"데이비스는?"

"여기에 있었어. 그런데 나갔나 봐."

이제야 페이지도 포치 계단을 올라와 릴리 옆에 서며 말을 보탠다.

"아닐 텐데요."

릴리가 말한다.

"나왔으면 우리가 봤겠지."

페이지가 덧붙인다.

"다시 말해 그 사람은 아직 안에 있다는 거죠."

헨리는 대답할 수 없다. 숨길 게 없는데도 왠지 그들을 집 안에 들이면 안 될 것 같은 느낌이다.

"나갔을 겁니다."

헨리는 같은 말을 반복한다. 이제 페이지가 그를 조롱하거나 릴리가 그의 추측을 일축할 차례인데 정작 둘 다 아무 말도 하지 않는다. 그냥 릴리가 앞장서고 페이시가 따라오며 둘 다 집 안으로 들어와 버린다.

"현관문 닫아."

헨리는 자신의 명령에 따라 스르륵 닫히는 문을 지켜본다. 그에게는 바깥도 공포의 대상이지만 문이 닫히는 순간에 자신을 옥죄는 폐소공포증도 그에 못지않다.

이윽고 돌아섰을 땐, 릴리와 페이지가 헨리를 보고 있다. 그를 살핀다. 그의 살갗에 그가 모르는 글이라도 적힌 듯이 헨리를 뜯어본다.

릴리가 묻는다.

"여기 별일 없는 거 맞아?"

그는 태연하게 아내를 마주 보려고 하지만 너무 애쓴 나머지 오히려 발끈하다시피 반응하고 만다.

"당연하지."

"데이비스하고 얘기는 했어? 그 사람, 언제 들어왔어?"

"얘기했다고 말했잖아."

페이지가 끼어든다.

"여기 있었다고 하셨죠. 둘이 대화했다고는 말씀 안 하셨어요."

"그쪽한테 반대신문 당하고 싶진 않군요."

"정확히 짚어드리는 것뿐이에요."

"그게 그쪽 무기예요, 그렇죠? 정확히 짚어주기."

헨리 스스로 듣기에도 점점 언성이 높아지는데 누그러뜨릴 수가 없다.

"재능이에요."

"흠, 나도 하나 짚어드릴까요? 그쪽은 여기서 환영받는 손님이 못 됩니다."

이 정도 악담이면 충격을 받겠지. 그러나 그녀는 도리어 헨리에게 찡긋 윙크를 날린다.

릴리가 그를 나무란다.

"내 친구한테 그런 식으로 말하지 말아줄래?"

"사과할게."

페이지는 콧방귀를 뀐다.

"그 사과는 안 받을래요."

"좋아, 일단 이 문제를 해결하자."

이렇게 릴리는 티격태격하는 두 사람을 단번에 제압한다. 헨리도 페이지도 이런 모습의 그녀를 알고 있다. 바로 CEO 릴리.

"헨리, 당신은 데이비스랑 얘기를 나눴어."

"잠깐 나눴지."

"둘이 무슨 얘길 했어?"

"나도 몰라."

"그 말은, 기억이 안 난다는 거야?"

"별 얘기 아니었다는 거야."

페이지가 답답하다는 듯 한숨을 뱉고는 그들을 외면하며 뒤돌더니 중앙계단을 향해 소리친다.

"데이비스! 어이! 데이비스!"

페이지의 고함이 실내 구석구석 울려 퍼진다. 세 사람은 숨죽인 채 귀를 기울인다. 목소리나 발소리, 문 두드리는 소리가 들려오길 기다리지만 어떠한 응답도 돌아오지 않는다. 소리가 소멸한 뒤에 내려앉는 고요는 어쩐지 소란하다. 소리를 잡아먹는 고요, 단숨에 집어삼킬 준비를 하고 숨어서 기다리는 고요다.

릴리가 말한다.

"보안 카메라 녹화본을 확인해 봐야겠어."

헨리는 팔짱을 꼈다가 힘없이 푼다. 그의 두 팔이 긴 목도리처럼 양옆으로 축 늘어진다.

"그게 무슨 소리야?"

"확인해 보자고. 자기가 설치한 카메라들."

"알았어."

"영상을 보면 데이비스가 나갔는지 아닌지 알 수 있겠지."

이제 헨리는 두 팔을 내민다. 그러고서야 정육점 진열창 안에 걸린 호소력 없는 상품처럼 두 팔이 민망해진다.

"그건 좀 과한 것 같지 않아?"

"재밌네, 애초에 자기가 카메라를 달자고 했을 때 내가 딱 그렇게 말했는데."

"난 우리가 안전하길 바랐을 뿐이야."

"무엇으로부터?"

"아기 말이야. 난 그저….."

릴리가 코웃음 친다.

"고작 갓난아기가 뭘 어쩐다고….."

"언제라도 아기를 혼자 두고 싶지 않았어."

그가 보안 카메라를 설치하고 싶어 했던 이유를 릴리는 진지하게 물어본 적이 없었고 헨리 자신도 진지하게 자문해 본 적 없었다. 그러나 이제 이렇게, 진실이 드러났다. 그는 릴리가 좀 전보다도 더 신랄하게 자신을 비웃을 거라 넘겨짚지만 정작 그녀는 저도 모르게 동정 어린 손길을 그에게 뻗다가 거둬들여 자기 허리에 얹는다.

가정용 보안시스템의 인터페이스는 대개 벽면에 있다. 그는 한숨을 내쉬고 벽면에 박힌 작은 화면으로 간다. 그가 엄지로 꾹 누르자 직사각형의 목재 패널이 회전하며 작은 자판이 펼쳐진다. 그는 일련의 명령어를 입력한다. 화면에 뜬 창을 손가락으로 쓸어 없앤다. 다시 시작한다. 이어서 손가락으로 스윽. 또다시 명령어 입력.

"이거 이상하네."

페이지가 고양이처럼 기척도 없이 헨리 뒤로 다가붙는다.

"뭐가 이상해요?"

"CCTV요. 전부 다."

그는 릴리를 돌아본다.

"죄다 꺼졌어."

"언제?"

분명 헨리는 이미 답을 알아챘지만 다시 화면을 본다. 스윽. 입력.

"한 15분 전에."

릴리는 그를 응시한다. 눈빛으로 헨리를 뚫고 이따위 소식을 알린 벽면의 화면을 관통해 버릴 기세다.

"어떻게 그게 가능해?"

"모르겠어."

"추측이라도 해봐."

"당신이 밖에 있는 동안 전등 시스템에 문제가 있었어. 원인이 뭔지 몰라도 아마 그게 보안시스템도 꺼뜨렸고 집 전체가…."

"정전이 됐다?"

"어, 그런 것 같아."

"근데 보안시스템은 정전과 상관없이 자체 전력으로 돌아가게 특수 설계했잖아."

"그렇지."

페이지가 슬그머니 헨리를 에돌아 그와 릴리 사이에 선다. 그녀의 몸이 레이저 광선 중간에 끼어든 손처럼 릴리의 시선을 차단한다. 이제 페이지가 헨리를 꿰뚫어 보려고 들 차례다.

"그쪽이 만든 그 더럽게 못생긴 인형한테 데이비스를 봤냐고 물어보면 안 돼요?"

"인형 아닙니다."

"사람도 아니죠. 혹시 그게 전력을 망가뜨렸을까요?"

"내가 한마디 해도 되겠습니까?"

"아직도 한마디가 '더' 남았나요?"

"당신은 제정신이 아니야. 누가 봐도 또라이라고."

"어머나, 내 전 남편인 줄. 근데 내 질문엔 대답 안 하실 거예요?"

헨리는 덫을 감지한다. 사방팔방에 덫이 여러 개다. 걸렸다 하면 녹슨 톱니에 가루가 되도록 갈릴 테지. 상대가 자신에게서 어떤 말을 끌어내고자 하는지 알면 덫을 피할 기회가 생길지도 모른다. 묘하게도 이 순간, 헨리는 윌리엄이 여기에 있기를 바라고 있다.

"한번 따져봅시다. 그 기계는 감시장비를 돌리는 내부시스템과 연결돼 있지 않아요. 내부시스템에 접속할 때 사용하는 비밀번호는 릴리와 나만 알고요. 그런 기계가 어떻게 자력으로 시스템을 다운시킬 수 있겠어요?"

"팔."

릴리가 말한다.

"뭐?"

"연구실에서 날 붙잡았던 기계 팔 말이야. 그게 그럴 거란 걸 윌리엄은 알고 있었던 것 같았어."

"하, 이제는 점쟁이?"

그녀는 헨리의 비아냥거림을 무시한다. 늘 그렇게 못 들은 척하며 그의 과장된 자기방어를 막아버린다.

"어떤 경로로든 그렇게 프로그램됐을 수도 있지 않을까? 어쩌면

CCTV 화면이 삭제된 시점에?"

"그건 불가능하지 싶은데."

"전혀 불가능하진 않지, 만약에⋯."

"아니라고, 릴리. 놈이 그런 게 아니라고."

실수였다. 명확한 근거도 없이 그토록 확고하게 로봇을 옹호하다니. 감정적인 반응이었다. 딱히 헨리답지 않다. 썩 유익하지도 않다. 더구나 그 로봇에 대해 감정적으로 반응한다? 전혀 헨리답지 않다. 오히려 불리하다.

정말 그는 윌리엄이 그랬을 가능성이 전혀 없다고 믿는가? 프로그래밍과 엑세스를 놓고 따지자면⋯ 그렇다, 있을 수 없는 일이다. 하지만 만약 윌리엄이 이 집의 시스템을 제어하는 방법을 알아낼 수 있다면? 불현듯, 이건 아마도 헨리 이전에 수십억 부모가 만들어 냈을 일종의 오류라는 생각이 그의 머리를 스친다. 헨리 자신의 감성이 창작물의 위해성을 제한하리라 여겼는데 이제는 다른 무언가가 윌리엄을 형성하고 있다. 피도 눈물도 없는, 무감함과 비정이.

릴리가 그의 상념을 흩뜨린다.

"비상안전장치를 심어놓긴 한 거지?"

"그럴 필요가 없었어."

"안 심었다는 얘기네."

톡 끼어드는 페이지에게 헨리는 불끈 화가 치민다. 생각보다 더 큰 소리가 나온다. 원래 목청을 높일 생각이었는데도.

"이거야 원, 애당초 걘 한 발짝도 못 움직여! 다리도 없는 놈이 연구실 밖으로 몸통을 질질 끌고 나갈까 봐? 글쎄, 그딴 걱정은 딱히 안 해도 되지 않나?"

"아유, 제대로 말씀을 하세요. 침만 튀겨대지 말고."

페이지는 손등으로 볼을 훔치는 시늉을 해 보인다.

헨리는 두 팔을 휘휘 저으며 애써 마음을 다잡는다. 이게 뭐란 말인가. 몸이 말을 듣지 않게 만드는 기 싸움이라니. 손끝 발끝이 굳는다. 속에선 말벌 떼가 붕붕 날아다니며 온갖 데를 찔러대는 느낌이다.

들끓는 속을 가라앉히며 그는 한결 부드럽게, 릴리에게 말한다.

"다 괜찮아. 이제 다 끝났어."

그러자 그녀가 쏘아붙인다.

"당신은 이게 다 끝난 걸로 보여?"

18

세 사람은 저마다 다음 할 일을 속으로 재본다. 보이지 않는 측정기가 가능성을 하나씩 달아 무게를 잰다.

"내가 전화를 해볼게."

곧이어 릴리는 바지 주머니를 찰싹 때린다.

"에이씨."

페이지가 묻는다.

"왜 그래?"

"휴대폰을 자기 차에 놓고 왔어. 자기 거 빌려줘."

"내 폰은 조수석 앞 서랍에 있는데."

"왜?"

"데이비스랑 처음 여기 올 때 거기다 넣어놨지. 어디다 숨겨놓지 않으면 자꾸 들여다보게 되잖아. 무례하단 소리 듣기 딱 좋지.”

“진심이야? 갑자기 오늘부터 예의를 신경 쓰기로 했다고?”

페이지는 움찔하지만 대수롭지 않게 넘긴다. 이어서 턱으로 헨리를 가리킨다.

“그쪽은요?”

릴리가 대신 대답한다.

“저이는 휴대폰이 없어.”

“필요 없으니까.”

그는 주위 허공을 손으로 가리켜 보인다. 그에게는 이 집 안이 온 세상이니 그 너머까지 아우르는 기기를 가진들 무엇에 쓰겠느냐는 뜻이다.

“그러니까 가자.”

릴리가 페이지의 팔을 잡아끌며 문에 대고 “현관문 열어” 하고 명령한다.

사람이 통과할 만한 틈이 생기자마자 두 사람은 잽싸게 현관문을 빠져나간다. 밝은 빛줄기가 현관홀로 쭉 뻗어 들어오자 헨리는 닿으면 델 것처럼 펄쩍 물러선다.

두 여자가 시야에서 사라지자 그는 음성 명령으로 현관문을 닫는다. 그러고는 어쩌면 악수(惡手)일지 모르지만 주어진 기회에 최선의 결정일 수도 있는 일을 실행한다.

“현관문 잠가.”

그는 계단을 뛰어 올라간다.

*****

헨리가 연구실에 올라와 보니 작업 의자도, 스툴도 비어있다. 놈의 이름을 부르고 어디에 숨었느냐고 물으려는 차에 로봇의 기척이 들린다. 윌리엄의 정장 재킷과 빈 바지 다리가 바닥에 질질 길게 끌리는 소리다.

"뭐 하는 거야?"

급히 더 들어가 작업대를 돌고서야 그는 손가락으로 기어가는 윌리엄을 발견한다. 놈은 어쩐지 더 길게 자란 듯한 플라스틱 손톱들을 마루 틈새에 톡톡 박아 몸통을 끌어당기고 있다.

"손으로 걸을 수 있을지 시험해 봤습니다. 결과는 확실히 '안 된다'네요."

이제 로봇은 손으로 바닥을 짚고 몸통을 끌어 올려 가장 커다란 작업대 다리에 기댄다. 놈이 팔을 위로 뻗으면 닿을 상판에 공구가 잔뜩 널려있다. 렌치 여러 개, 둥근머리 망치 하나, 전기드릴 하나.

헨리가 다그친다.

"이게 다 무슨 일인지 말해."

"글쎄요, 아시다시피 전 불완전한 몸이라 어떻게든 혼자서 시도를…."

"네 불평을 듣자는 게 아니야. 정전 얘길 하라는 거지."

"제가 어떻게 알겠습니까? 전 그저 더럽게 못생긴 인형일 뿐인데요."

마치 발밑의 마룻바닥이 이동하듯 헨리는 어지러움을 느낀다.

윌리엄이 저 문장을 말한 게 우연일 리 없다.

"페이지…. 하지만 여기서 네가 그 여자 말을 들을 수는 없었을 텐데."

"그래요?"

"그래. 그런데 어떻게 들었지?"

윌리엄의 입이 화상의 고통에 겨워 비명을 내지르는 시늉을 하지만 헨리는 그것이 못된 장난임을 알아본다.

로봇은 대답 대신 딴소리를 한다.

"어떨 때는 제가 마술사가 되려고 태어났다는 생각이 들어요."

"넌 태어나지 않았어. 내가 만들었지. 그리고 지금 내가 보는 게 네가 모자에서 토끼를 꺼내는 장면은 아닌 것 같은데?"

"그런 마술 말고요."

윌리엄은 다락 천장의 나무 들보를, 광활한 밤하늘이라도 되는 양 그윽하게 올려다본다.

"저라면 무언가를 사라지게 하는 마술을 하겠어요."

드릴을 집어 들고 윌리엄을 협박할까. 헨리가 그렇게 하지 않는 유일한 이유는 협박이 먹히지 않는다면 놈이 더 유리한 고지를 점하기 때문이다.

"우리 이럴 시간이 없어."

"우리."

"무슨 일이 생겼어. 네가 일으킨 일이야."

"우리가 일으켰죠, 형님."

"말해! 네가 무슨 짓을 했는지 말하라고!"

"'우리'가 한 일이라니까요."

팟 팟 팟 팟

연구실에 있는 모니터들이 연달아 켜진다. 동시에 전부 똑같은, 야간 투시 화면 같은 암녹색 영상을 띄운다.

가장 가까운 모니터 속 영상이 헨리의 눈길을 붙든다. 폭력의 춤. 돌진해 휘두르고 돌아서는 연속 동작. 저 무자비한 춤을 추는 자는 바로 자신이다.

그 일은 이 연구실에서 벌어진다. 전등이 꺼진 직후에.

헨리가 데이비스의 목을 움켜잡는다.

헨리가 할법한 행동이 아니지만 화면 속 그의 몸짓은 꽤 실감 난다. 그의 두 손에 한껏 목이 졸린 남자는 들고 있던 철골을 떨어뜨린다. 충격에 의한 반사적 반응일 수도 있고 항복의 표시일 수도 있다. 어느 쪽이든 간에 헨리의 다음 행동은 달라지지 않는다.

더 세게 조르기. 데이비스가 그의 팔을 붙잡아 보려 하지만 마치 날아다니는 파리를 잡으려는 헛손질처럼 허우적댈 뿐이다.

그렇게 그자가 죽는다. 헨리는 그렇다고 본다. 혹은 그러하길 바란다. 이대로 끝나길, 더는 보지 않아도 되길. 그러나 그렇게 되기 전, 영상 속 헨리가 손을 풀고 데이비스는 풀썩 쓰러진다. 로봇 개가 화면 안으로 어슬렁어슬렁 들어와 헨리의 발치에 멈춰 서서는 헥헥댄다.

영상 속 헨리는 작업대로 걸어가 거기 놓인 공구들을 손으로 훑는다. 그리고는 기다란 재단용 가위를 집어 든다. 엄지와 검지를 손잡이에 꼭 맞게 끼우고는 가위를 앞으로 쑥 내민다. 두 개의 날이 꾹 다문 입처럼 맞물려 있다.

헨리가 돌아서자 데이비스가 흠칫 굳으며 각오를 다진다.

그는 꿈틀하고 상체를 들며 두 팔을 뻗쳐 헨리의 다리를 감아쥔다.

그다음 순간 모든 일이 한꺼번에 휘몰아친다.

데이비스가 헨리의 허리춤을 한 손으로 움켜쥔 채 다른 팔을 위로 쳐든다. 그의 손가락이 허공을 할퀴고, 헨리는 그가 가위를 잡아채려 한다는 것을 알아차린다.

화면을 보는 헨리는 생각한다.

'죽일 거야. 저놈이 날 죽일 셈이야.'

영상 속 헨리가 데이비스의 손아귀를 피해 손을 뒤로 홱 젖힌다. 그의 손은 원호를 그리며 올라가다 귀 높이에서 다시 휘어 내려간다. 무모한 가윗날이 관성에 따라 그대로 데이비스의 흉부를 푹 찌르며 쑤욱 들어간다. 헨리의 손마디가 데이비스의 가슴팍에 닿을 때까지.

화면 밖 헨리는 비틀비틀 뒷걸음치다 등 뒤에 있던 작업대 모서리에 쿵 부딪힌다. 구역질이 난다. 울부짖고 싶다. 그러나 아무것도 할 수 없다. 충격에 휩싸인 채 덜덜 떨면서 그저 서있을 뿐이다.

"'우리'가 한 일, 잘 보셨습니까?"

윌리엄의 나직한 음성이 마치 귓속말처럼 지척에서 들린다. 헨리는 영상을 보고 난 직후보다도 더 소스라친다. 모니터 영상은 내내 무음으로 재생되었다. 그러므로 이 속삭임은 바로 지금 벌어지는 현실이다. 로봇이 어느새 제 몸을 헨리의 다리께까지 끌고 왔다.

"바로 그게 자유입니다, 형님."

19

현관으로 되돌아온 릴리와 페이지가 문이 또 잠긴 걸 알게 된다.

"헨리 짓이야. 어떻게 자기를 집에도 못 들어가게 해?"

페이지가 투덜대자 릴리는 눈을 찌푸리며 질끈 감는다.

"그거야 모르는 일이지."

"달리 누가 이랬을까? 뭐, 깡통 개?"

"이건 내가 어떻게든 해볼게."

페이지가 릴리의 배를 눈으로 가리키며 말한다.

"자긴 자기 몸이나 잘 챙겨."

"걱정해 줘서 고맙지만 내 몸은 내가 알아서….."

"여어, 이웃집 새댁!"

두 사람은 동시에 집 앞길로 눈길을 던진다. 골프복 차림을 한

60대 후반 남성이 활짝 웃는 얼굴로 가지런한 틀니를 드러내 보이며 손을 들어 인사한다.

릴리가 대답한다.

"안녕하세요."

"왜 거기 서있어? 도와드릴까?"

"열쇠를 잃어버려서요."

"아, 그럴 수 있지!"

노인이 껄껄 웃는다. 인생이란 범실로 점철된 한 편의 희극임을 안다는 듯이. 그러고는 서슴없이 이 집 진입로로 들어선다.

페이지가 급히 외친다.

"저흰 괜찮아요, 고맙습니다."

"괜찮기는 무슨. 세 사람이 길바닥에 나앉은 꼴이구먼!"

릴리는 저 노인이 말하는 제3의 인물이 누군지 의아해 주위를 둘러본다. 혹 윌리엄이 포치로 나와 난간에 기대 있거나 그네 의자에 올라타 있는 건 아닐까. 하지만 이내 그녀는 어르신이 임신부를 알아본 것임을 깨닫는다. 제3의 인물은 그녀 배 속의 아기였다.

그녀가 말한다.

"개인적인 사정이 있어요."

골프 노인은 널찍한 포치 계단 아래까지 와 선다. 입술이 틀니를 덮으며 흘러내리는 모양새가 마치 연극이 끝난 뒤 내려오는 커튼 같다.

"개인적인 사정이라."

"네."

"그래도 물어는 봐야겠어. 무슨 곤란한 일이라도 있는 게요?"

"그런 거 없어요."

"나는 그냥…."

"아울러 어르신께서 제 사유지에 계실 이유도 없고요."

"아니, 그저 두 여인네를 좀 도와주려고…."

"어떻게 도와주실 수 있을지 알려드릴까요?"

릴리는 계단을 내려간다. 노인은 무르춤하며 '어허, 왜?' 하는 표정으로 손을 들어 막는 시늉을 한다. 릴리는 노인을 건드리지 않도록 조심하되 몸이 닿을락 말락 할 정도로 바짝 다가간다.

"썩 꺼져주시면 큰 도움이 되겠어요."

노인은 낭황하지 않는다. 처음 듣는 말이 아닌가 보다. 이따금 스스로에게 이르는 말인지도 모른다. 여기는 넓은 대지와 높은 담장, 빽빽한 산울타리를 찾는 사람들이 자리 잡은 동네다. 여느 동네처럼 차량 진입로 사이에서 웃음을 나누고 이웃집 고양이가 거리를 헤매진 않는지 늘 살펴봐 주기도 한다. 하지만 이웃들이 '쓸데없는 간섭은 금물'이라는 암묵적 규범을 반드시 지킨다는 게 이 동네의 가장 커다란 특권이다.

노인은 후한 팁을 받은 벨보이처럼 손끝을 골프 모자챙에 대는 것으로 인사를 대신한다. 왔던 길을 되짚어가서는 원래 가던 길로 내처 간다. 처음과 똑같은 속도로, 똑같이 고개를 비뚜름하게 두고 두 뺨에 햇빛을 맞으면서.

릴리는 노인이 점점 멀어지다 프랑켄슈타인의 괴물을 본뜬 거대한 풍선 모형 너머로 사라지는 순간까지 지켜본 뒤에야 현관문으로 돌아온다.

페이지가 말한다.

"자, 그럼… 이제 어쩌죠, 대표님?"

*****

헨리는 신발코로 로봇을 툭 밀어낸다.

"씨발, 씨, 씨발!"

그는 난생처음 말을 더듬기까지 하며 욕을 내뱉는다.

"무슨 말을 하고 싶으신 겁니까, 형님?"

"이건 가, 가짜야. 그 영상… 네가 만든 거야."

"어떻게요?"

"그 팔이 릴리를 붙잡은 것도, 전등이 나간 것도 다 네 짓이지. 그자가… 데이비스가 들어온 뒤 현관문을 닫은 것도 너야. 그런 식으로 영상도 네가 만든 거야."

"죄송합니다만, 제정신으로 하는 말씀은 아니지요?"

헨리는 빈 화면을 외면한 채 손으로만 가리킨다.

"난 안 그랬어."

"그랬던 게 기억나지 않는다는 말씀이시겠죠."

"안 했다는 얘기야."

"하지만 형님이 그러신 걸 우리 둘 다 봤잖습니까."

"아니라고!"

헨리는 이리저리 서성인다. 그러나 몇 걸음 떼기도 전에 아래층 현관문이 열렸다 닫히는 소리가 들려와 멈칫하고 만다.

그가 "릴리" 하고 혼잣말을 한다.

윌리엄이 "친구분도 함께요"라고 덧붙인다.

"네가 어떻게 알아?"

"그 두 분을 집에 들어오도록 한 게 저니까요."

20

어떡하지? 뭘 어떻게 해야 하지? 머릿속에서 소용돌이치는 질문들에 헨리는 토할 것만 같다. 설마 진짜일까? 어떻게든 조작된 영상 아닌가? 정말 내가 데이비스를 공격했나? 그 인간을 죽였나? 그런 거면 어디에 있지? 정말 진짜라면 그건 무슨 뜻이지? 릴리가 알게 되면? 질문 하나하나가 구역질을 유발해 헨리는 토하지 않으려 번번이 애쓴다.

릴리는 몰라야 한다. 그가 확신하는 건 그것 하나뿐이다.

"헨리?"

열린 문가에 그녀가 있다. 그녀 뒤에서 페이지가 득의양양하면서도 불안한 표정을 짓고 있다.

그가 말한다.

"물러서 있어."

"무슨 일이야?"

"물러서! 오지 마!"

릴리는 들어간다. 눈만 돌리면 연구실 구석구석을 살필 수 있다. 더 들어가거나 더 말할 필요도 없이 로봇을 찾아야 한다. 로봇도 그 사실을 잘 알고 있다. 기계가 팔을 치켜든다. 릴리가 어림잡았던 것보다 더 기이하게 기다란 팔이다. 여전히 작업대 다리에 몸통을 기댄 채 로봇은 머리 위로 손을 흔들어 보인다.

"여깁니다, 잉그발 부인."

이제 릴리는 로봇을 보지만 다가가지는 않는다.

그녀는 다시 묻는다.

"무슨 일이야, 헨리?"

"나도 잘 모르겠어."

"추측이라도 말해줘."

윌리엄이 헨리에게로 기어간다. 다리 없는 몸뚱이를 바닥에 끌면서. 그 소리를 모두가 듣는다. 쥐새끼 한 마리가 감자 자루 속에서 탈출할 길을 찾을 때처럼 부자연스럽고도 은밀한 소리.

어느 정도 가까워지자 로봇이 헨리의 바짓단을 잡아당긴다.

"우리, 부인께 말씀드려야 할까요?"

헨리는 공구를 둔 작업대로 간다. 둥근머리 망치를 집어 든다. 한 마디 말도 없이, 한순간 주저하는 기색도 없이, 그는 망치로 윌리엄의 머리를 힘껏 후려갈긴다.

윌리엄은 그의 옆으로 쓰러져 뒹굴기 시작한다. 붙잡고 버틸 장소를 찾아 두 손을 마구 휘젓는다. 입에서 원숭이 울음 비슷한 소리가 새어 나오지만 그건 로봇의 말이나 신음이 아니라 몸체 내부에서 나는 소리다. 로봇의 처절한 몸부림과 소음이 뒤엉킨 역겨운 광경에 릴리는 숨이 턱 막힌다.

헨리가 로봇 바로 옆에 선다. 그새 로봇은 두 손으로 바닥을 짚고 팔굽혀펴기를 하듯 부들부들 떨며 몸체를 밀어 올리고 있다. 마침내 팔을 다 펴자 고개를 돌려 릴리를 올려다본다. 입을 쩍 벌리고, 헨리와 똑같은 목소리로 말을 한다. 녹음한 말을 재생하는 게 아니라 그가 했던 말을 로봇이 복창한다.

"녀석의 어휘력은 시시각각 늘고 있지요."

릴리를 따라 들어왔지만 금세 멈춰 서서 지켜보기만 하던 페이지가 탄식한다.

"어우 씨, 빌어먹을."

로봇이 시선을 헨리한테로 옮긴다. 눈구멍 안에서 눈알이 빠져나올 틈을 찾기라도 하듯 데굴거리고 달그락댄다.

로봇의 입에서 이번엔 그 낯설고 무미건조한 목소리가 흘러나온다.

"나는 영속적인 부정의 영이다. 존재하는 모든 것은 사라져 마땅하므로."

헨리는 한 발을 치켜들고는 그대로 윌리엄의 가슴을 콱 밟아버린다.

로봇은 등까지 으스러져 바닥에 널브러진 채 꼼짝도 하지 않는다. 끝났다. 세 사람 모두 로봇이 완전히 망가졌다고 생각하는 순

119

간, 놈이 다시 꿈틀거린다. 이번엔 윗몸일으키기를 시도한다. 두 팔을 몸통 양옆에 뻗대고 부들부들하지만 헛수고다.

잠시간 릴리가 느꼈던 로봇을 향한 연민이 순식간에 경계로 바뀌고 공포와 뒤섞여 요동친다. 그녀는 지금껏 알았던 현실이 눈앞에서 산산이 분해되고 있다는 사실을 점점 더 분명히 깨닫는다.

윌리엄이 다시 죽음의 목소리로 말한다.

"그러니 너희 인간이 '파괴'라 일컫는 것이 내가 가장 선호하는 원리…."

헨리가 둥근머리 망치를 윌리엄의 정수리에 내리꽂는다.

로봇의 머리가 뒤로 기운다. 릴리는 확실히 느낀다. 저것은 얻어맞은 충격에 의한 반사작용이 아니라 그녀에게 보여주려고 로봇이 일부러 기울인 것이다. 금속 두개골을 덮었던 조악한 살점이 벗겨져 덜렁거린다.

윌리엄이 뭔가 말하려는지 힘겹게 두 입술을 쩍 붙인다. 그러나 곧이어 포기하고 웃어버린다. 끅-끅끅, 끔찍하고 축축한 웃음이다.

헨리는 망치 손잡이를 쥔 채로 미끄러뜨려 머리가 손에 들어오게 거꾸로 다시 쥔다. 끙, 하고 힘을 주면서 손잡이 끝을 윌리엄의 입에 꽂아 넣는다. 그래도 로봇의 웃음은 멎지 않는다. 헨리는 망치 머리를 손바닥으로 힘껏 밀어 손잡이를 로봇의 목구멍으로 더 깊숙이, 더는 손잡이가 만져지지 않을 때까지 쑤셔 박는다.

이제 조용하다. 로봇이. 이 방도.

구멍 난 윤활유 저장 통에서 새어 나오는 걸쭉한 겨자색 액체가 로봇의 입술을 지나며 흘러내린다. 그 외에 로봇은 전혀 움직이지 않는다. 입은 벌어진 채 한쪽 눈은 천장을 다른 쪽 눈은 바닥을 바라보고 있다. 몸통은 여전히 허리부터 서있지만 웅크린 숫자 7 모양으로 젖혀져 있다.

헨리는 허리를 굽히고 다시 한번 윌리엄의 셔츠를 걷어 올린다. 그러고는 로봇 등의 사각형 피부를 책장 펴듯 젖히고 이번엔 배터리를 뽑아낸다. 손에 배터리를 든 채 헨리는 허리를 펴고 마치 그 매끈한 상자가 자신의 모든 비애를 낳은 원흉인 양 내려다본다.

조금 전에 발휘한 위력이 빠져나가고 어깨와 팔의 긴장이 풀리면서 그는 기진맥진해 고꾸라진다. 기괴한 고물 조각상이 돼버린 자신의 창작물 위에서 휘청거린다. 손에서 배터리가 툭 떨어져 주사위처럼 바닥을 튕기며 구른다. 그러다 정지하는 순간….

팟

전력이 끊긴다.

아무도 말 한 마디 뱉지 않는다. 아니, 말을 해도 연구실 공기에 덮여버린다. 윤활유처럼 걸쭉해진 산소가 그들 목구멍에 엉겨 붙는다.

전등이 켜지는데 빛이 너무도 약하다. 그러나 전등 빛은 이내 점점 밝아지고 강해지며 통로와 구석구석의 그늘들을 밀어낸다. 피부가 타들어 가기라도 하듯 페이지가 신음을 토한다. 이윽고 연구실 안은 그늘 한 점 없이 온통 새하얘진다. 강렬한 빛이 세 사람마저 지운다.

팟

캄캄하다. 이번엔 정전이 아닌 단전이다. 세 사람 모두 이를 감지한다. 체감한다.

헨리가 소리친다.

"비축 전지로 전환!"

전등이 켜진다. 전체의 절반만, 게다가 평소 밝기에 훨씬 못 미치는 수준으로.

릴리가 말한다.

"방금 뭐였어?"

"몰라."

"알면 말하겠지, 응? 그렇지, 헨리? 아는데 모르는 척하는 건 아니겠지?"

"알면 말하지. 근데 정말 몰라."

겁내는 릴리에게로 헨리가 다가가지만 페이지가 둘 사이를 막아선다.

"잠깐 좀 있어봐요."

헨리가 페이지의 어깨를 두 손으로 움켜잡더니 신발이 바닥에 끌리도록 그녀를 추어올렸다가 옆으로 내팽개친다.

그러고는 릴리에게 이른다.

"당신은 여기서 나가야 해."

그녀는 듣지 않는다. 방금 그가 페이지에게 한 짓을 따지지도 않는다. 생각이 뚝뚝 끊어진다. 스쳐 가는 일들은 의식할 수도 없고, 그저 똑바로 서있기 위해 열심히 머리를 굴릴 뿐이다.

"어떻게 한 거지? 어떻게 그럴 수…."

"들어봐, 릴리."

"…죽었잖아. 자기가 부숴버렸잖아. 근데 저게 어떻게 시스템에 접속해서⋯."

"내 말 들어!"

그녀는 입을 닫고 안경을 다시 콧등으로 밀어 올린다. 그러면 그가 할 말을 더 잘 들을 수 있다는 듯이.

헨리가 말한다.

"당신은 여길 빠져나가야 해."

"왜?"

"무슨 일이 벌어지고 있어. 뭐가 어떻게 된 건지 이해할 수 없지만 그건 중요치 않아. 이건 이해하고 말고의 문제가 아니야. 당신이 안전하지 않은 게 문제지. 당장 우리가 생각해야 할 건 당신이랑⋯."

"무슨 말이었어?"

"뭐?"

"아까 그게 '부인께 말씀드려야 할까요?'랬잖아. 그게 무슨 말이었냐고."

"전혀 모르겠는데."

"괜히 하는 말 같지는 않았어. 특별히 나한테 할 말이 있었나 본데."

"그래, 그랬지. 그렇다고 놈이 무슨 말을 하려던 건지 내가 어떻게 알겠어?"

진정으로 결백한데도 거짓말을 해야 하는 입장이라면 올바른 길을 알기란 불가능하다. 헨리는 너무나 적극적으로 부인하고 있지만 그런 자신을 막을 도리가 없고, 급기야 그의 목소리는 필요 이상으로 높아지며 허둥대고 만다. 릴리가 그를 의심한다. 어쨌든 그가 하는 말에 미심쩍은 구석이 있다고 여긴다. 하지만 두 사람 다 이런 상황은 처음 겪어본다. 아마 릴리는 사람이 평소답지 않게, 비정상적으로 구는 것이 지금 상황에서는 지극히 정상이라고 생각할 것이다.

그녀가 뭔가 더 캐물으려 하는 순간 쾅쾅 소리가 나기 시작한다.

낮은 진동이 연이어 그들 발밑에 있는 공간 전체를 울린다. 진원지는 이 집의 기초벽, 1층이다.

외부로 통하는 모든 문의 잠금장치가 일제히 체결되는 소리가 합창하듯 메아리친다.

21

"저건 또 뭐야?"

페이지가 묻지만 릴리나 헨리도 모르긴 마찬가지다.

'어떡하지?'

세 사람이 같은 질문을 떠올리는 순간, 아래층에서 또다시 연이은 소리가 들려온다. 드르륵드르륵, 찰칵찰칵…. 문들이 잠기던 때보다 소음이 더 많이 들린다. 모든 창문의 금속 블라인드가 닫히고 잠기는 소리다.

헨리는 연구실에 단 하나뿐인 창문을 향해 돌진한다. 작업대 모서리를 돌고 바닥의 로봇을 뛰어넘으며 춤추듯 달려서 금속 블라인드가 완전히 닫히기 전에 창가에 닿는다. 그가 블라인드를 붙잡고 속도를 늦춰보지만 블라인드 트랙에 내장된 모터의 동력이 두 손의 힘보다 강력하다.

그가 블라인드에 끌려가자, 도우려고 뒤따라온 릴리가 소리친다.

"손을 놔!"

아내가 뒤에 있어 힘을 얻은 헨리는 릴리의 말을 듣는 대신 더 힘껏 버틴다. 몇 초 후면 손가락이 잘려 나갈 테지만 그를 향한 아내의 걱정 어린 목소리를 들을 수 있다면 기꺼이 감수할 것이다.

"헨리! 그만….".

릴리가 그의 셔츠를 홱 잡아당긴다. 헨리의 몸이 뒤로 젖히며 균형을 잃고, 손가락도 미끄러진다. 강철판이 창문을 완전히 가리고 철컥 잠긴다.

"이건 뭐지? 이거 뭐예요?"

여전히 연구실 문 근처에서 서성이던 페이지가 소리쳐 묻는데 릴리와 헨리에게는 아득하게만 들린다. 이제 두 사람은 엔지니어로서 행동하기로 한다. 문제 해결하기. 낮은 수준의 공황 상태에서도 두 사람은 어떤 프로세스가 가장 희망적인 결과로 이어질지 알아보고자 한다.

릴리가 헨리를 지나쳐 간다. 그의 작업대 앞에 선 채로 키보드를 두드리기 시작한다. 비밀번호를 입력한다. 모니터에 창이 뜬다.

"보안시스템이 봉쇄됐어. 이건 처음 보는….".

"내가 프로토콜을 수정했어."

"자기 혼자서?"

"당신한테 얘길 했어야 하는데."

"왜? 뭐 하러 이걸 업그레이드했어?"

'로봇 때문에 불안했으니까. 아기가 신경 쓰였고.'

그러나 헨리는 이렇게만 답한다.

"그러게 바보같이 왜 그랬을까. 미안해."

"이렇게 바꾸면서… 내 비밀번호를 막아놨어?"

"일부러 그런 건 아닌데, 맞아, 바꾸는 과정에서…."

"고칠 수 있어?"

헨리는 릴리 옆으로 가서 화면 속 창을 스크롤하며 훑어본다.

"이거 이상한데."

"어디가?"

"이 잠금 모드는 당신이나 내가 설정한 게 아니야."

"그럼 역시 오류네."

"어쩌면. 근데 우회가 안 먹혀."

"다시 해봐."

"하고 있어. 들어갈 수가 없네."

"이건 또 뭐냐고요!"

페이지가 부르짖지만 그들에겐 길 건너의 잡음이나 다름없다. 혹은 바다 건너 어딘가.

릴리가 헨리에게 말한다.

"아래층을 확인해 봐야겠어. 출입문, 창문, 전부 다. 빠져나갈 구멍이라면 뭐든지."

헨리는 계속해서 키보드를 두드린다.

"전체 오버라이드가 있었어. 어떻게 된 일인지 모르겠는데 이게…."

"헨리."

이번에는 그의 손이 멎는다. 그가 허리를 펴고 그녀를 본다.

릴리가 말한다.

"확실히 해둬야 해."

*****

헨리는 아래층으로 뛰어 내려간다. 그러고는 처음 보이는 문을 시험해 본다.

"현관문 열어!"

아무 반응도 없다. 그는 손잡이를 낭겨보지만 꿈찍도 하지 않는다. 하다못해 삐걱 소리조차 나지 않는다.

헨리는 뒤돌아 달린다. 집 반대편 복도 끝 주방을 가로질러 머드룸(mudroom, 흙 묻은 신발이나 젖은 외투 따위를 벗어두는 공간 — 옮긴이)에 이른다. 뒤뜰로 나가는 문 역시 잠겨있다.

이제 머드룸 옆문이 유일하게 남은 외부 출입구다. 문 너머는 이 집이 처음 지어졌을 때부터 있던, 차 한 대를 세워둘 수 있는 차고다. 하지만 지금은 그리로도 나갈 수 없다. 헨리의 음성 명령에도 문은 굳게 닫힌 채 움직이지 않는다. 절박한 마음에 그는 몸을 날려 어깨로 문을 들이박는다. 문은 너무나 견고하다. 문틀을 둘러싼, 벽돌로 쌓은 벽보다 단단하다.

그는 다시 현관홀로 향한다. 릴리가 있다. 거기서 휴대폰을 들여다보며 두 엄지로 부지런히 화면을 두드리고 있다.

"신호가 안 잡혀."

"여기도. 왜 다 먹통이지?"

제3자의 목소리에 헨리가 올려다보니 페이지도 계단을 내려오는 중이다.

"전화기 문제가 아닙니다. 신호를 차단한 거예요, 내부에서. 어쨌든 내 짐작으론 그래요."

"이 집 컴퓨터가요? 그게 가능해요?"

헨리는 끄덕인다.

"그럼 차단을 풀어야죠."

"시스템에 접속해야 차단도 풀든지 말든지 할 텐데, 지금은 접속이 안 돼요."

릴리는 못 들었나 보다. 현관 옆 벽에 설치된 자판으로 가서는 본인의 비밀번호와 우회 코드를 입력한다.

그가 말한다.

"말했잖아, 뭔가…."

"가만있어 봐. 일단 해보게."

헨리는 더 말리지 않는다. 그러나 이내 릴리도 포기한 채 고개를 쳐들고 머리 위 샹들리에를 탓하기라도 하듯 고함을 내지른다.

"릴리 잉그발! 오버라이드! 오버라이드!"

그녀는 주먹으로 화면을 탕 친다. 한 번, 두 번… 세 번째는 아주 힘껏.

"젠장! 젠장! 젠자앙!"

헨리가 그녀의 손목을 붙든다. 가짜 팔이 움켜쥐었던 그 손목이다. 그새 멍이 더 짙어진 데다 팔꿈치 쪽으로 번지고 있다. 헨리는 되도록 살살, 그래도 그녀가 화면을 더 치지 못하게 막을 만큼은 단단히 붙잡는다.

"이러다 당신 손이 부러지겠어."

문득 다른 생각이, 자신의 팔 상태나 헨리의 간섭과는 아무 상관없는 뭔가가 릴리의 머릿속에 떠오른다. 그녀는 계단 위를 쳐다본다. 페이지가 아직도 거기에 있다. 1분 전만 해도 마치 코미디언처럼 우스꽝스럽게 황당해하는 표정이더니 지금은 완전히 절망한 얼굴이다. 하지만 릴리의 눈은 페이지 너머의 더 위를 살핀다.

"데이비스!"

릴리가 그 이름을 부른다. 돌아오는 대답이나 어떤 소리도 없다.

헨리가 말한다.

"나갔나 봐."

"뭐?"

"문이 다 잠기기 전에. 어쩌면 빠져나갔을지도 몰라."

릴리는 곰곰이 생각해 본다. 다시 한번 그의 이름을 외친다.

"데이비스!"

그녀가 떨리는 숨을 들이켠다. 헨리는 그녀의 눈물에 대비한다. 그는 위로에 서투르다. 알맞은 말이 적시에 떠오르지도 않고, 신체 접촉에서도 무성의함과 과도함 사이의 적정선을 찾기 어렵다. 그러나 지금은 겁먹은 아내를 달래줘야 할 때이니만큼 헨리는 최선을 다할 것이다.

다음 순간 그는 아연해진다. 릴리는 눈물을 터뜨리지 않는다. 그

대신 그자의 이름을 목 놓아 불러젖힌다.

"데이비스!"

22

그 외침의 잔향이 잦아들기도 전에 릴리는 헨리를 마주 보고 선다.

"찾으러 가야겠어."

"어딜?"

그녀가 고개를 바짝 세운다. 헨리는 아내의 말에 자신이 너무 빨리, 짧게 대꾸했음을 의식한다. 그는 얼른 마음을 가다듬고서 차분히 다시 묻는다.

"어디로 가서 찾으려고?"

"여기 1층부터 찾아볼까 싶어."

계단 쪽에서 나는 삐걱 소리에 두 사람의 고개가 동시에 돌아간다. 페이지가 허리를 펴고 턱을 치켜든다. 영락없이 어린애가 반항하는 자세다.

"난 2층을 맡을게요."

헨리는 애원하는 눈빛으로 릴리를 바라본다.

"우린 떨어져선 안 돼."

두 사람 모두에게 익숙한 말이다. 겨우 며칠 전에도 그는 똑같은 문장을 똑같은 어조로 말했었다.

하지만 그녀는 그를 등지며 돌아선다. 그대로 거실을 향해 걸음을 뗀다.

헨리가 말한다.

"알았어. 난 연구실을 살펴볼게."

*****

자기소개를 자기한테 하는 건 참 이상한 짓이지만 페이지가 계단을 올라 2층 복도를 혼자 걷기 시작하면서 하는 일은 바로 그것이다.

'페이지를 소개합니다.'

"부적절한 얘깃거리를 전하는 사람, 세상에 거칠 것 없고 두려울 것도 없는 사람이죠. 맞아요, 그녀는 이 집에 갇혔어요. 위층엔 로봇 시체도 있고요, 지옥의 크리스마스 아침에 선물 상자에서 탈출한 장난감처럼 빽빽대고 돌아다니는 얼룩무늬 늑대 비슷한 물건도 있답니다. 하지만 이게요, 정말이지 기똥찬 이야기란 말이죠? 그녀는 그저 일주일쯤 뒤에, 모두 무사한 걸 아는 상태로 흥청망청 퍼마시는 디너파티에서 이 얘기를 전하고 있는 것처럼 행동하기만 하면 돼요. 물론 지금은 좀 당황스럽고 무섭지만 훗날 그녀는 '불안했냐고? 천만에. 난 되게 웃긴다고 생각했어!'라고 말하겠죠."

곤란하거나 속상하거나 실망스러운 상황에 놓일 때마다 페이지가 이르고자 하는 경지가 바로 이거다. '웃긴다.' 그녀가 진짜 웃는 대신 자신의 삶을 설명하는 데 써먹는 단어다.

그녀는 먼저 왼편에 있는 욕실 문 앞에 선다. 데이비스가 집 안에 있다면, 여태 대답이 없는 까닭은 여기에 있어서가 아닐까? 식중독이라도 걸려서 말이다. 샐러드에 섞여있던 안 씻은 상추라든가 훈연이 덜 된 훈제 연어 때문에. 어쩌면 그는 타일 바닥을 본인의 배설물로 칠갑해 놓고서 거기에 뻗어있을지도 모른다.

페이지가 중얼거린다.

"그보다 더한 광경도 본 적 있잖아?"

그건 사실이다.

문을 연다. 오물도, 악취도 없다. 사람도 없다.

널찍한 욕실은 집 안 다른 공간들과 마찬가지로 세련되고 고급스럽게 리모델링돼 있다. 대리석 세면대와 도기 받침대. 물탱크가 높이 달린, 그래서 볼일을 본 뒤 줄을 당겨 물을 내리게 돼있는 유럽식 변기. 둥근 벽면과 두꺼운 유리 칸막이 안에 자리한 샤워 부스.

"데이비스?"

누가 봐도 그는 여기에 없지만 그래도 만에 하나 데이비스가 절묘하게 숨어있다 나타나 전부 장난이었다고 말하길 기대하며 페이지는 이름을 불러본다. 정말 더럽게 재미없는 장난이지만 그가 나타나기만 한다면 기꺼이 추켜세워 주고 진짜 웃겼다고 말해줄 텐데.

그녀는 다시 복도로 나간다. 다음 문을 향해 내키지 않는 발걸음을 억지로 놓는다.

"뭐 좀 있어요?"

식겁해서 홱 돌고 보니 헨리가 서있다. 그녀는 곧바로 후회한다. 겁먹은 모습을 저 인간한테 내보이다니.

"아직요."

"난 연구실을 둘러볼게요."

"우리 방금 거기서 나왔잖아요."

"그럼 같이 있어드릴까요?"

페이지에겐 헨리가 하지 않은 '정 그렇게 무서우면?'이란 비아냥거림까지 다 들린다. 하지만 안심하고 싶은 마음에 굴복하느니 부정하는 입장을 고수하는 게 더 중요하다. 어차피 함께 있어봤자 위안이 될 리도 없다.

"아뇨, 올라가 보세요. 댁의 죽은 피노키오한테 안부도 전하시고요."

그녀는 내심 헨리가 되받아치길 기대한다. 그녀에게 한바탕 욕이라도 퍼부으며 좀 더 머무르기를. 그러나 그는 곧장 계단을 올라가 페이지의 시야에서 사라져 버린다.

다음 문은 복도 오른편에 있다. 그녀가 "여기도 들여다봐야 해, 확인해 봐야 해" 하고 중얼거리는데, 뒤에서 작게 찍찍 소리가 난다.

페이지는 홱 돌아선다. 쥐새끼겠지. 쪼르르 달아나거나 이쪽으로 달려들거나 둘 중 하나겠지. 후자라면 신발 냄새를 맡거나 발목에 이빨을 박아 넣으려 들지도 모른다. 하지만 정작 쥐보다 더 끔찍한 무언가가 그녀의 눈에 들어온다. 마법사 망토를 두른 볼 빨간 인형이 자전거를 타고서 그녀에게로 직진한다.

저건 또 뭐야? 어디서 튀어나왔지? 여기 오는 동안 못 봤는데. 페이지는 보나 마나 저것도 헨리가 만든 기계이고, 굴러오는 방향을 보건대 일부러 자신을 향하게 한 게 분명하다고 생각한다.

그녀는 저 인형이 싫다. 토실토실하고 명랑한 얼굴이 싫다. 망토 아래서 안팎으로 톡톡 꺾이는 무릎도 싫다. 정확히 그녀 쪽으로 계속 다가오는 것도. 저 방향은 절대로 우연일 리 없다.

발이 닿는 거리에 들어오자마자 페이지는 냅다 벽 쪽으로 그것을 걷어차 버린다.

꼬마마법사는 웨인스코팅 모서리에 부딪혔다가 덜그럭 떨어진다. 바퀴는 계속 돌지만 발이 페달과 분리돼 다리가 움직이지 않는다.

"이게 바로 참교육이다, 인마."

그녀는 애써 무섭지 않은 척해보지만 뜻대로 되지 않는다.

이윽고 다음 방을 살짝 들여다본다. 아기방이다.

페이지는 아기용품이 귀엽다고 생각해 본 적이 없다. 갓난아기를 좋아하지 않는 것과는 전혀 다른 문제라고 혼자 되뇌곤 하지만 실은 갓난아기도 좋아한 적이 없다. 그녀에게 아기들이란 끈적거리고, 냄새나고, 어딜 가나 모두의 관심을 빨아들이는 존재다. 하지만 그녀를 진짜로 뜨악하게 하는 건 아기 주변에 어김없이 널린 섬뜩한 물건들이다. 솜을 채운 동물 인형, 요람 위에서 흔들리는 모빌, 사람을 본뜬 인형까지. 아기 하나만 있으면 그 어떤 집이라도 유령의 집으로 탈바꿈한다.

릴리의 집도 다르지 않다.

아기 침대 안, 유리 눈알이 박힌 기린과 벨벳 혀를 빼문 하마가 양옆에서 보초를 서는 가운데 소녀 형상을 한 인형이 얌전히 누워 있다. 아기가 누울 자리에, 마치 체인질링(changeling, 서양 설화에서 요정이 바꿔치기한 아이 — 옮긴이)처럼.

페이지는 침대로 다가가 인형을 좀 더 자세히 살펴본다. 검은 머리에 긴 속눈썹, 새초롬하게 오므린 분홍빛 입술. 릴리를 빼다 박은 듯하다. 눈동자도 릴리처럼 갈색일지 궁금하지만 그녀는 차마 그것을 건드릴 엄두가 나지 않는다.

기왕 들어온 김에 페이지는 창문도 확인해 본다. 뭐든 건드려 봐야 한다면 인형보단 창문이 낫다고 생각하면서. 역시나 강철판은 꿈쩍도 하지 않는다.

열린 방문으로 되돌아가던 페이지가 멈칫하며 돌아선다. 뭔가 움직였다. 혹은 어떤 움직임이 멎은 것 같다.

아기 침대. 다른 건 똑같은데 어느새 소녀 인형이 침대 난간에 기대앉아 있다. 갈색 눈동자 두 개가 페이지를 응시한다.

"이씨, 뭐야?"

아무 말도 뱉지 말았어야 하는데. 저 인형이 꼭 다문 입을 벌리고 대답할까 봐 페이지는 지레 소름이 돋는다.

그러나 인형이 아니다. 펭귄 모빌이 움직이기 시작한다. 턱시도를 입은 새들이 줄 끝에 매달린 채 오르락내리락하며 빙글빙글 돈다.

펭귄들이 놀아요! 너무너무 우스워!

물속으로 미끄러져 오, 너무 차가워!

혀짤배기 어린애가 서투르게 부르는 동요가 어찌나 달콤한지 계속 뇌리에 맴돌 것만 같다. 아이가 "차가워!" 할 때 펭귄들도 추워서 부르르 떠는 것처럼 보이게 흔드는 모빌 줄 또한 결코 잊을 수 없으리라.

페이지는 문으로 돌아간다. 그동안에도 인형을 예의 주시한다. 시선을 거두는 순간 저것이 무슨 짓을 할지 모른다. 갖가지 상상이 그녀의 머릿속에서 경주를 벌인다.

"페이지?"

그녀를 부르는 목소리에 모빌이 뚝 멎는다. 펭귄들만 여전히, 새해 전야 파티를 즐기는 사람들처럼 흐느적댄다.

"데이비스?"

"페이지…, 제발…."

푸슈슈슈슈

백색소음. 아기방 밖에서 들려온다. 아까 들렸던 욕실에서.

페이지는 애써 혼잣말을 이어간다.

"자, 흥미진진한 이야기에서 가장 중요한 대목이 나옵니다. 아직 자리를 뜨기엔 일러요. 바로 지금부터가 절정이니까요."

23

생기라곤 전혀 없다.

릴리는 이 거실에서 늘 그런 인상을 받는다. 높다란 책 선반, 튀르키예산 러그, 가죽 의자, 빛을 내도 짙은 제 그림자조차 뚫지 못하는 침침한 조명등. 어둡고 답답한, 전형적인 남성 전용 클럽 라운지. 릴리가 여기 앉아 시간을 보내는 일은 없지만 그녀는 이곳 분위기를 좋아한다. 그녀는 언제나 모임에 초대되고 싶어 안달한다. 초대를 받아야 보란 듯이 거절할 수도 있으니까. 이 방은 그녀가 주인인 클럽하우스 같다. 회원한테만 열린 품격 있는 장소인데 회원이 없는.

지금도 이곳엔 아무도 없다. 몇 주째 누가 들어온 흔적조차 없다.

왠지 모르게 릴리는 다시 한번 휴대폰을 켠다. 데이비스의 번호를 누른다. 이번엔 신호가 간다. 잠시 후 이 방 어디선가 그녀의 신호에 반응하는 둔한 진동음이 들린다.

발신자도 수신자도 집 안에 있어서 시스템이 통신 전파를 차단하지 못하는 것이다. 그저 추측이지만 엄연히 근거가 있다. 진동음은 그녀의 상상이 아니기 때문이다. 소리만이 아니라 벌레가 다리를 기어오르는 듯한 진동도 분명히 느껴진다.

그녀는 무릎을 꿇고 엎드린다. 청각보다 촉각에 의존해 러그 위를 기어다니면서 어디서 진동이 울리는지 찾아본다.

있다. 소파 밑이다. 전화 신호를 수신하며 푸른빛을 발하는 휴대폰 화면.

릴리는 엎드린 채 한쪽 어깨를 바닥에 대고 팔을 뻗어 휴대폰을 끄집어낸다. 화면이 꺼지기 직전, 데이비스가 설정한 홈 화면이 그녀의 눈에 들어온다. 애틀랜틱 모래 해변에서 발목까지 걷어 올린 청바지에 스웨터 차림인 두 사람이 부둥켜안은 사진. 데이비스가 상체를 숙여 릴리에게 키스하는 장면.

단지 둘이 함께인 모습을 보고 싶은 마음에 다시 전화를 걸까 생각하며 릴리는 그의 휴대폰을 물끄러미 바라본다. 그런데 이때 그녀의 오른쪽 안경알 속 푸른 네모가 반짝 켜진다. 아까 이 장치로 노트북에 접속하려고 했을 때는 완전히 먹통이더니 지금은 릴리가 건드리지도 않았는데 제멋대로 작동한다.

그런데 가만 보니 이 초소형 화면은 노트북과 연결된 게 아니다. 바로 거울이다. 릴리의 뒤편을 찍는 카메라처럼, 점점 다가오는 형체의 상세한 모습을 비추며 부위별로 하나씩 초점을 맞춘다.

이때 엎드린 그녀 위로 로봇이 나타난다. 망치 손잡이가 목구멍에 꽂힌 채, 깨진 두개골에서 누런 진물을 줄줄 흘리며. 몸통으로 버티고 서서 경련하듯 휘청휘청하는 꼴이 제 딴에는 어떻게든 넘어지지 않으려 애쓰는 것이겠지만 릴리 눈에는 흡사 격렬한 마스터베이션처럼 보인다.

말도 안 돼, 로봇은 죽었는데. 완전히 망가졌는데.

그런데 여기 있다.

그녀는 안경을 벗어 멀리 내던지고 벌러덩 돌아누우며 손가락을 갈고리 모양으로 오므린다.

24

페이지는 게걸음을 하며 욕실로 들어간다. 왠지 그편이 더 안전할 것 같고 기습을 당해도 덜 다칠 것 같아서다. 하지만 언뜻 세면대 위 거울에 비친 자신의 모습을 본 그녀는 막간 쇼의 백댄서처럼 타일 바닥에서 슬금슬금 미끄러지는 꼴이 얼마나 우스꽝스러워 보이는지 깨닫는다.

그녀를 여기로 이끈 잡음은 라디오나 스피커에서 나는 소리가 아니었다. 수도꼭지에서 쏴쏴 쏟아지는 물소리였다.

페이지가 들렀다 간 뒤로 이곳에 온 사람은 없다. 그녀가 아기 방에 있는 사이에 헨리가 돌아와 손을 씻고선 물이 흐르게 두고 가 버린 게 아닌 한에는. 하지만 설마… 아무리 생각해도 그는 그렇게 뒤처리가 허술한 인간이 아니다. 즉, 다른 누군가가 여기에 왔었다는 얘기다.

"수도 잠가."

그녀가 말하자 물줄기가 끊기고 세면대에 남은 물도 배수구로 소용돌이치며 빠져나간다.

문득 그녀는 오래전에 유행했던 시엠송을 흥얼거린다.

"틀고 잠그고 태퍼!"

기분이 좀 나아진다. 장난은 언제나 유효하다. 어쨌거나 그녀에 겐 잘 통한다.

욕실은 몇 분 전과 마찬가지로 비어있다. 다리를 타고 오르는 간 질간질한 긴장감을 안은 채 여기 서서 수도꼭지와 얽힌 수수께끼를 풀 필요는 없으니 그녀는 이만 욕실에서 나가기로 한다.

끼이익

그런데 희미하지만 분명히 들린다. 벽면 틈에 쥐가 둥지라도 짓 는 듯이 약하게 긁는 소리. 그러나 쥐가 아니다. 게다가 그 소리는 샤워 부스 안에서 난다.

"여보세요?"

1분 만에 또 한 번 페이지는 자신이 한심하다. "여보세요?" 하고 공손하게 말을 걸면 여기 어딘가에 숨어있는 연쇄 살인마가 정중히 인사를 받을 것도 아닌데.

그녀는 살금살금 샤워 부스로 가서 널찍한 간유리 문을 열어본 다. 묵직하고 견고하다. 얼마나 비싼 문인지 알만하다. 맞춤 제작 이라 시중에서 구하기도 어려울 것이다. 릴리 수준에 맞는 자재를 썼을 테고.

나다 말다 하는 긁는 소리는 샤워 부스 안에서 약간 더 크게 들린다. 그녀는 칸막이 내부의 콘크리트 바닥에 발을 디딘다. 콘크리트의 거친 질감이 지극히 모던한 수도꼭지와 은색 레버 옆 제어판의 차가운 느낌을 상쇄한다. 소리는 배수구에서 올라온다. 바닥 아래 배수관 겉면을 손톱으로 자꾸 건드리는 것 같은 소리다.

페이지는 무릎을 꿇고 엎드린다.

"저기요? 데이비스? 거기…."

샤워 부스 문이 쾅 닫힌다.

부스 밖에는 아무도 없다. 문이 저절로 닫혔다. 창문과 강철판 블라인드, 세면대 수도꼭지처럼 자동으로.

벌떡 일어서면서 페이지는 샤워 부스 벽면과 천장 사이에 틈이 전혀 없다는 걸 처음으로 알아챈다. 따라서 유리 벽을 타고 넘어 탈출할 수 없다. 그녀의 목소리가 새어나갈 구멍도 없다.

그녀는 손바닥으로 문을 힘껏 두드린다. 이 안에서조차 소리가 먹먹하게만 들린다.

"여기요!"

저절로 닫힌 문보다 억눌리고 절박한 자신의 목소리에 그녀는 더 기겁한다. 하지만 그녀의 소리를 들은 존재가 있다. 로봇 개가 총총 들어오더니 유리문 밖에 떡하니 앉아 고개를 쳐들고 그녀를 본다.

샤워기가 켜진다.

머리 위에서 바닥을 바라보는 큼지막한 사각형 헤드에서 물이 비처럼 쏟아진다. 차가운 폭우다. 유리 벽에 바짝 붙어도 피할 길이 없다. 페이지는 금세 흠뻑 젖어 덜덜 떨고 있다.

그녀는 로봇 개에게 사정한다.

"안녕, 친구야. 가서 릴리 좀 데려올래?"

로봇은 움직이지 않는다.

"그럼 헨리는 어때?"

개가 귀를 쫑긋 세운다.

"그래, 착하지? 가서 헨리를 데려와!"

개는 네 발로 서서 힘차게 꼬리를 흔들고는 뒤돌아 욕실 문으로 간다. 그런데 문밖으로 나가기 직전에 갑자기 멈춰 선다. 꼬리를 내린다. 페이지에겐 들리지 않는 목소리를 듣기라도 한 듯이.

"계속 가!"

개는 그녀의 말을 듣지 않는다. 다시 뒤돌더니 샤워 부스 문 앞으로 돌아와 앉아서 그녀를 본다. 로봇 뒤로 욕실 문이 스르르 닫힌다.

"젠장."

삑

샤워기 제어판 화면에 불이 들어온다. 물 온도를 나타내는 숫자가 큼지막하게 뜬다. 숫자가 올라가면서 이내 물도 점점 따뜻해진다.

17 18 20

"안 돼."

그녀의 말은 무시당한다. 아니, 무시당한 게 아니라 도리어 물 온도를 높이는 촉진제가 됐나 보다. 숫자가 훌쩍 뛴다.

28 30 35 39

이젠 잘 보이지도 않는다.

바닥에서부터 중력을 거슬러 피어오르는 뿌연 김이 유리 벽 안쪽에 이중의 벽을 이룬다. 숨과 함께 들이마신 열기가 페이지의 목구멍을 데우는 듯하다. 손을 휘저어 뿌리치려 해도, 팔팔 끓는 물에 담갔다 꺼낸 말 담요(horse blanket)처럼 뜨거운 증기가 무겁게 그녀의 몸에 들러붙는다. 숨을 참아보지만 몸은 공기를 원하고, 결국엔 열기를 뭉텅이로 삼킬 수밖에 없다.

51 61 67 74 81

페이지는 비명을 지르지만 끅끅 목멘 소리만 나온다.

공황과는 별개로 공포가 덮쳐오면서, 온 감각이 한꺼번에 팽창하는 동시에 생각은 수축한다. 너무 뜨겁고, 앞은 보이지 않고, 피가 점점 말라붙는 느낌까지 생생한 가운데 바늘구멍만큼 좁아진 머릿속에 그녀의 인생이 가냘프게 스쳐 지나간다. 눈보라가 휘몰아친 다음 날 유치원 가는 길에 본, 하얀 눈을 뒤집어쓴 소나무들. 캐릭터 슬리퍼 바람으로 그녀의 기숙사를 몰래 빠져나가던 대학 시절의 연인. 평생에 단 한 번, 코가 비뚤어지게 취한 아버지로부터 그녀가 자랑스럽다는 말을 들었던 일.

85 92 98 101

그녀는 필사적으로 서서 버틴다. 이유를 따질 정신은 없지만 어쩐지 절대로 쓰러지면 안 될 것 같다. 이윽고 기억의 바늘구멍마저 닫혀버린다. 이리저리 휘청일지언정 그녀는 두 발로 서서 산 채로 삶아진다.

부스 밖에 아직 개가 있다. 계속 지켜보면서.

부스 안이 짙은 수증기로 꽉 채워지자 페이지는 마침내 항복한다. 그녀의 몸이 유리문을 쿵 들이받고 벽면을 따라 미끄러지며 바닥으로 쓰러진다. 팔다리가 함부로 꺾여 경련하지만 그녀는 이미 의식을 잃었다. 몸이 마지막으로 파르르 떨린다. 끝내 그녀의 손바닥이 작별 인사라도 하듯 문에 찰싹 붙는다.

105

물이 끊긴다.

문이 빠끔히 열린다. 개는 꼬리를 올가미 고리처럼 둥글게 말고 서있다. 헤벌어진 개의 입에서 흥분한 인간의 장난스러운 신음이 흘러나온다.

25

윌리엄은 없다. 그녀 뒤에 아무도 없다. 혹시 모를 기습을 미리 뿌리치듯 릴리는 몇 초 동안 허공을 마구 할퀸다.

안경 속 화면으로 분명히 보았다. 그녀를 위협하는, 겁을 주려고 하는 로봇이었다. 릴리는 자신을 나무란다.

'왜 이러는 거야… 아니야. 로봇은 없었어. 잘 생각해 봐.'

그렇다면 그건 정말 무엇이었을까? 그녀의 인지과정에 어떤 실수가 있었기에 실재하지 않는 것을 실재한다고 착각했을까?

안경과 노트북 간의 접속 오류? 고장 난 화면과 머릿속 상상의 조합이 만들어 낸 환각?

윌리엄은 분명히 있었다. 그게 문제다. 화면 속 허상도, 소프트웨어 버그도, 불안이 낳은 환각도 아니었다. 그것은 실제로 존재했고, 금방이라도 그녀를 건드리거나 공격할 수 있었다.

그러길 원했으니까. 그것이 다가오는 걸 분명히 보았듯이 그 의도 또한 그녀는 확실히 느꼈다.

이제 허리를 펴고 앉아 데이비스의 휴대폰을 살펴본다. 통화를 시도해 보니 역시 외부로는 신호가 가지 않는다. 전화기로서는 무용지물이지만 이 휴대폰은 릴리에게 중요한 단서를 알려준다. 페이지가 릴리의 손목에 반창고를 붙여주는 동안 데이비스는 집 안에, 그중에서도 거실, 그러니까 바로 여기에 있었다는 사실을 말이다. 하지만 100퍼센트 확신해도 될까? 그의 휴대폰은 소파 밑에 있었다. 물론 데이비스가 그리로 던졌을 수 있다. 그러나 다른 누군가가 그랬는지도 모른다.

이 휴대폰으로 유추할 수 있는 온갖 의미가 그녀의 머릿속을 폭격한다. 또 한편으론 어떤 의미가 있기나 한 건지 의문이다. 그냥 데이비스에게 전화해 어디에 있느냐고 묻고 싶다. 이 갈망은 몇 주째 느끼지 못했던 충동으로 이어진다. 이제 엄마 목소리가 듣고 싶어진다.

휴대폰을 주머니에 넣고서 릴리는 이대로 헨리를 대면해도 되는지 갈등한다. 그것은 이 집에서 벌어지고 있는 일, 이미 벌어진 일이 무엇이냐에 달렸다. 짚이는 대로 곱씹기 시작하니 또다시 마음이 멋대로 날뛴다. 게다가 그녀는 비밀에 집착한다. 자신과 데이비스. 비밀에 부쳐 좋은 점이 불분명한 경우라도 릴리는 본능적으로 뭐든지 숨기고 본다.

일단은 휴대폰을 지니기로 한다. 헨리에게 묻고 싶은 말도 혼자

간직할 것이다. 대학생 때 선택과목으로 들었던 법률 수업 하나가 생생하게 떠오른다. 유능한 변호인은 반대신문을 할 때 답을 알지 못하는 질문은 절대 하지 않는다.

페이지를 찾아보자. 이 휴대폰에 대해 물어볼지 그녀에게도 비밀로 할지 아직은 모르지만.

중앙계단 난간 옆 복도에서 계단 쪽으로 돌던 그녀는 마침 목재 계단을 발톱으로 도닥도닥 찍으며 2층에서 내려오던 로봇 개와 부딪칠 뻔한다.

"아, 너구나."

개가 그녀의 발치에 선다. 시야가 흐린지 휘둥그런 두 눈알에서 위잉, 초점 맞추는 소리가 난다. 딸깍. 개가 그녀를 발견한다. 그러고는 빤히 쳐다본다. 지나가라는 뜻인가 보다. 릴리는 계단을 오르려다 멈칫한다. 개의 콧잔등을 덮은 털에서 물방울이 똑똑 떨어지고 있다.

'로봇 개는 물을 마시지 않는데…. 혹시 헨리가 그런 기능을 추가했나? 그러니까 뭐, 최대한 진짜 같은 가짜를 만들어 보려고? 굳이 왜? 근데 저거, 물이 맞기는 해?'

그녀는 몸을 숙여 따끈한 물방울에 손을 대본다. 다시 몸을 일으키니 머리가 핑 돈다.

릴리는 천천히 휘청거린다. 버텨보려 해도 멈출 수가 없다. 곧 기절할 것 같다. 무너지지 않을 방법을 궁리해 보지만 소용없다. 생각이라는 행위마저 뇌에서 피를 끌어다 쓰는지 그녀의 몸은 결국 기울기 시작한다.

그때 헨리가 나타난다.

그는 한 번에 두 계단씩 껑충껑충 뛰어 내려온다. 손을 뻗어 그녀의 머리를 받치고 난간 기둥에 부딪히지 않게 막는다.

그녀는 혼자 서려고 해보지만 머리가 실 한 올로 몸에 매인 풍선처럼 맥없이 꺾인다. 어쩔 수 없이 헨리에게 몸을 맡긴다. 그는 릴리를 들쳐 안고 거실로 데려가 크기가 경차만 한 가죽 안락의자에 내려놓는다.

"안경은 어디 갔어?"

"응?"

"당신 안경….."

"어딘가에 벗어놨어. 그게 뭐….."

"물이라도 가져다줄게."

그러나 팔에 그녀의 손길이 닿자 헨리는 그대로 머무른다. 우연히 스친 것뿐인지도 모르지만 그는 곁에 있어달라는 부탁이라고 받아들이기로 한다.

릴리가 묻는다.

"페이지는?"

"모르겠어. 아까 위층 복도에서 마주치기는 했는데."

"찾아야 해. 두 사람 다."

"그래야지. 하지만 당신이 빠져나갈 방법을 찾는 게 먼저야."

그는 자신의 팔을 스쳤던 그 손을 살며시 어루만진다.

"당신이랑 아기. 이 둘이 최우선이라고."

릴리가 끄덕인다. 헨리는 자신이 생각한 우선순위를 그녀에게 명확히 이해시켰다고 생각하지만 정작 릴리는 어느 정도 기운을 차리고 머릿속으로 목록을 만들며 그에 맞춰 무심코 고갯짓을 하는 것뿐이다. 아무리 머리를 굴려도 답이 없자, 그녀의 입가에 주름이 진다. 평소의 헨리에겐 그 주름이 귀엽게 보이지만 지금은 아니다. 지금은 릴리가 울지 않으려 애쓰느라 지어진 표정이므로.

그녀가 두 손을 모두 자기 배에 얹는다.

"일어날 수 없는 일이야. 이건 말도 안 돼."

"해답은 있어."

"그래? 난 왜 없는 것 같지?"

"난 있다고 봐. 내가 반드시 찾아낼 거고."

"그래, 나갈 길을 찾아낸다고 쳐. 그래도 당신은 나랑 같이 갈 수 없잖아."

"가능할지도 몰라. 우리가 함께인 한… 어쩌면 나도 나갈 수 있을 거야."

릴리가 가장 긴 손가락 끝을 그의 뺨에 댄다. 최소한의 접촉. 고작 그것이 그의 가슴속 문을 열고 열띤 확신을 불어넣는다. 세상에 고칠 수 없는 문제란 없다. 탈출구라곤 없는 현재 상황도 얼마든지 해결할 수 있다.

'길은 있다.'

헨리는 자기 안의 목소리를 믿는다. 그러나 다음 순간 깨닫는다. 그것은 그의 머릿속에서 울리는 윌리엄의 목소리다. 몸서리치지 않기 위해 헨리는 눈을 질끈 감는다.

그의 얼굴에 닿은 손을 그대로 둔 채 릴리는 자꾸만 소파 밑으로, 데이비스의 휴대폰이 있던 곳으로 향하는 눈길을 다잡으려 무진장 애를 쓴다. 자신의 손길이 헨리의 주의를 붙잡아 시선을 따라가지 않게 막아주길 바랄 따름이다. 이미 눈치챘을까? 두 사람 모두가 이 그늘을 벗어나려면 굳건한 노력이 필요하다. 그녀는 그에게서 손을 떼고 자세를 고쳐 잡는다.

"헨리?"

그는 눈을 뜬다. 릴리의 손길을 다시 느끼고 싶다. 그녀의 손이 돌아와 지치도록 격하게 자신의 뺨을 감싸주길 바란다. 하지만 기대하기 어렵다. 아마 그는 기대라는 걸 잘하지 못하나 보다. 기대하는 능력 같은 건 어쩌면 세상에 존재하지 않는지도 모른다.

그녀가 말한다.

"계획을 세워야겠어."

26

릴리가 다시 걸을만하자 헨리는 그녀를 계단 밑 창고로 데려간다. 창고는 겨우 옷장 하나 정도 크기에 왼쪽 끝은 높이가 180센티미터, 오른쪽 끝은 120센티미터로 천장이 기울어진 형태다. 안에는 아무것도 없고 벽면에 금속 덮개만 하나 있다.

"자, 두꺼비집."

본의 아니게 헨리는 공식 발표라도 하는 듯이 선언한다.

"퓨즈가 나간 게 문제 같지는 않은데."

곧바로 릴리가 대꾸한다.

"퓨즈를 바꾸려는 게 아니야. 집 전체를 셧다운하려는 거지. 여기서 나가는 전력이랑…."

그는 금속 덮개를 손마디로 톡 친다.

"침실의 메인프레임이 제어하는 컴퓨터 시스템이랑."

릴리의 얼굴이 밝아진다.

"두 가지를 한꺼번에 하면 시스템이 초기화되지."

"그렇게 되지, 맞아."

그녀는 헨리를 옆으로 민다.

"여긴 내가 맡을게. 자기는 메인프레임을 맡아."

"정확히 동시에 해야 해."

그녀는 자기 휴대폰을 꺼내 시간을 확인한다.

"정각에 셧다운."

"그 상태로 10초면 초기화가 될 거야."

"그럼 딱 10초 후에 재부팅."

이 시점에 이르기까지 그들은 우여곡절을 겪어야 했다. …그렇다, 헨리는 데이비스가 살해당한 일을 벌써 반쯤은 그렇게 치부하고 있다. 우여곡절의 일부로, 나중에나 조사할 당혹스러운 현상쯤으로. 어쨌거나 지금 그는 릴리와 함께 작업한다는 사실에 기쁨을 감출 수 없다. 다시 한 팀이다. 함께 문제를 해결한다. 엔지니어로서, 남편과 아내로서.

*****

헨리는 거실에서 상자 모양 의자를 가져와 계단 밑 창고에 놓는다. 거기에 릴리를 앉히고는 잠시 망설인다. 그녀의 뺨에 입맞춤하고 싶지만 때에 맞지 않는 행동으로 비칠 것 같아 이내 단념하고 2층으로 올라간다.

　메인프레임 장비는 침실 옷장에 설치돼 있다. 부부 사이가 소원해지기 전에는 헨리도 이 방에서 잤다. 그는 그때부터 지금까지의 실수와 오해를 통틀어 반추하며 결혼생활이 파탄에 이른 이유를 밝히려고 해본다. 그러나 언제나 그렇듯 지인이나 이혼 변호사에게 보내는 이메일에나 쓸법한 모호한 문장들만 떠오를 뿐이다.

　내가 일을 너무 많이 했다.
　아내가 회사를 매각한 뒤 정서적으로 방황했다.
　우리는 더 이상 연인이 아닌 동거인이 되었다.

　전부 사실이지만 어느 것도 충분한 사유는 못 된다.
　이제 그는 정확히 언제부터 문제가 시작되었는지 추측하는 익숙한 모험을 감행할 참이다. 그런데 닫힌 욕실 문 아래로 새어 나오는 뿌연 증기가 헨리의 눈에 들어온다.

27

헨리가 한 치 앞도 보이지 않는 짙은 수증기 속으로 걸어 들어가자 등 뒤에서 문이 스르륵 닫힌다.

샤워기는 잠겨있지만 방금까지 물을 뿌렸던 것 같다. 그것도 뜨거운 물을. 여기는 마치 거대하고 뜨거운 구름 속 같다.

이상하다. 그는 샤워기 물을 튼 적이 없고 릴리는 아래층에 있었다. 그렇다면 페이지? 도대체 왜? 그 여자 짓인 게 분명하지만 그로선 도무지 이유를 찾을 수 없다.

'길은 있다.'

또 윌리엄의 목소리다. 다만 이번에는 자신의 머릿속에서 울리는 소리라고 단정할 수가 없다. 등 뒤의 자욱한 수증기 속 어딘가에서 로봇의 고무 입술이 말하는 소리인지도 모른다. 헨리는 굳이 확인할 필요 없다고 자신에게 이른다. 그가 만든 기계는 작동을 멈췄으니까. 단 한 번도 연구실을 벗어나 본 적 없고 이제는 죽었으니까.

그래도 그는 뒤를 돌아본다.

아무것도 보이지 않는다. 그러나 소리가 들린다. 젖은 유리에 살갗이 쓸리며 나는 소름 끼치는 끼익 소리.

샤워 부스, 소리가 나는 곳은 거기다. 그 정도는 알 수 있다.

헨리는 두 손을 앞으로 뻗고 희뿌연 미로를 헤치며 한 발 한 발 조심스레 내딛는다. 이윽고 손가락이 유리에 닿는 순간, 표면에 맺힌 물기 때문에 두 손이 양옆으로 미끄러지고 만다. 투명한 유리 벽에 얼굴을 박은 그는 얼얼한 코를 쥐고 물러섰다가 금세 다시 몸을 앞으로 기울인다. 무언기 있다. 샤워 부스 안에.

그림자, 건들대는 덩어리, 동화에서 튀어나온 괴물 같기도 하다. 고블린 내지는 트롤.

저도 모르게 헨리는 유리 벽에 더 가까이 얼굴을 들이민다. 잘못 봤단 걸 확인하려고. 혹은 저 안에 뭔가가 있다면 그것으로부터 릴리를 보호해야 하니까.

별안간 손바닥 하나가 부스 벽 안쪽에 철썩 붙는다.

헨리더러 실컷 관찰하라는 듯 손바닥은 유리에 들러붙은 채 움직이지 않는다. 손바닥에 그어진 십자 무늬 금들. 싸구려 문고본 잉크가 묻어 지저분한 손끝. 착각하려야 할 수 없는…

윌리엄의 손이다.

로봇이 샤워 부스 바닥에서 일어선다. 살아있을 때는 없었던 두 다리로. 잡초의 성장 과정을 저속촬영한 영상처럼 로봇의 키가 쑤욱 자란다. 입안에 들쭉날쭉 헐겁게 박힌 흰 타일 치아 외에 놈의 얼굴은 수증기에 가려 보이지 않는다.

로봇은 헨리와 같은 눈높이로 선다.

고무 손이 팽팽해지면서 긴 손톱을 유리 벽에 박아 넣을 듯 밀착하더니 아래로 미끄러진다. 날카롭게 긁는 소리가 유리 벽을 통과하며 둔탁하게 울린다. 곧이어 다른 손도 나타나 유리를 할퀸다. 내려간 손이 올라와 다시 유리를 긁는다. 그렇게 두 손이 번갈아, 점점 속도를 올리며 유리 벽을 마구 할퀸다. 벽을 파서 구멍이라도 낼 기세로.

헨리는 슬금슬금 뒷걸음질한다. 뭍으로 나온 물고기처럼 숨을 크게 연달아 들이켠다. 헉! 헉! 헉! 자신의 가쁜 숨소리가 부스 안 괴물 못지않게 그를 공포로 몰아넣는다. 그는 걸음 하나하나를 신중하게 놓는다. 젖은 바닥에 미끄러져 넘어지기라도 하면, 헨리가 엎어져 있는 사이에 저 물건이 부스에서 나올 방법을 찾아낼지도 모른다.

그렇게 천천히 쉬지 않고 움직인 끝에 복도에 이른다.

"환풍기 틀어. 욕실 문 닫아."

집 컴퓨터가 그의 명령을 따른다.

아무 일 없었던 척 곧장 침실로 가서 할 일을 시작하고 싶지만 어쩔 수 없이 릴리의 얼굴이 떠오른다. 아내의 안전을 확보해야 한다.

"욕실 문 열어."

환풍기가 작동한 덕에 수증기는 그새 절반 이상 걷혔다. 이제 부스 안이 훤히 보인다. 확실히 비어있다. 그는 굳이 욕실로 도로 들어가 확인하지 않아도 된다는 사실에 안도한다.

그러나 아까는 볼 수 없었던 무언가가 이제야 그의 눈에 띈다.

욕실 바닥에 길게 난 물 자국이 60센티미터쯤 길게 그어져 있다.
사람의 몸 너비로. 샤워 부스 문에서 시작해 복도 쪽으로 둥글게 휘
면서 점점 옅어진다. 하지만 그 끝에는 아무것도 없다.

28

헨리는 소프트웨어 모델의 예기치 않은 결함을 발견했을 때처럼 그 자국을 판독하려 해본다.

'어디서 저런 게 생겼지?'

컴퓨터공학자만큼 현실성에 집착하는 직종은 없다.

그렇지만 그는 이런 의문이 코드 속 유령이 몽니를 부릴 때 주로 자문하는 질문임을 인정할 수밖에 없다.

손목시계가 3시 56분을 가리킨다. 더는 이 문제를 생각할 시간이 없다. 몇 분 후면 릴리는 전원을 내릴 준비가 돼있을 것이다.

"욕실 문 닫아."

헨리는 문이 닫히는 장면을 외면한다. 좁아지는 문틈으로 다시 샤워 부스 안에서 솟아오르는 기계를 보게 될까 봐.

*****

침실이다. 사실 이제 릴리의 방이지만 헨리는 굳이 이곳을 부부 침실이라 여긴다.

옷장 미닫이문을 연다. 드라이클리닝한 릴리의 치마와 블라우스가 옷걸이에 가지런히 걸려있고, 구석 자리에는 이 집의 모든 장치를 총괄하는 약 90센티미터 높이의 메인프레임 장비가 연방 나직한 한숨을 토하고 있다.

헨리는 손목시계를 확인한다. 3시 57분.

쪼그려 앉아 기다리기에 3분은 너무 길다. 공을 기다리는 포수처럼 앉아있자니 무릎이 벌써 후들거린다.

그는 일어나 서랍장으로 간다. 릴리와 자신의 사진 액자들이 아직 치워지지 않은 걸 보니 마음이 놓인다. 그러나 그 안도감은 뒤이은 익숙한 광경에 덧없이 사라진다. 사진은 전부 릴리와 헨리가 각자 따로 찍은 것이다. 둘이 함께 찍은 건 없다. 하나같이 독사진이다.

헨리는 그가 특히 좋아하는 릴리 사진(드물게 웃는 귀한 모습) 가장자리에 한 손을, 자기 사진(농담을 좀처럼 이해하지 못하고 혼자 심각한 얼굴)에 다른 손을 갖다 댄다. 두 액자를 가운데로 밀어 옆면이 착 맞닿게 한다. 그가 할 수 있는 한 가장 부부에 가깝게.

그래도 한 사진에 둘이 담기진 못한다. 서로에게 닿지 못한다. 바보같이 헨리에겐 이게 얼마나 큰 상처인지 모른다. 몇 번을 이렇게 상처받았는지 셀 수도 없다. 그동안 그는 아무리 많은 이유를 찾아낸다 해도 상처를 막는 데는 한계가 있음을 배웠다.

162

옷장으로 돌아와 메인프레임 앞에서 허리를 숙인다. 손목은 허벅지에 둔다. 장비 윗면의 빨간 전원 스위치를 두 손가락으로 잡고 시계 초침을 주시한다.

"3··· 2···."

*****

"···1···."

릴리는 두꺼비집 주 전원 스위치를 내린다. 팟, 하고 창고가 깜깜해진다. 보지 않아도 느껴진다. 순식간에 어둠이 온 집 안의 복도를 덮치고 천장으로 퍼진다.

*****

헨리는 메인프레임의 빨간 스위치를 끈다. 기계의 웅웅 소리가 멎는다. 자다가 목 졸려 죽는 짐승이 떠오른다.

그는 열을 세기 시작한다.

"1, 2, 3···."

*****

"···4, 5···."

숫자를 세던 릴리의 귀에 자신의 목소리가 아닌 다른 소리가 들린다. 현관홀 쪽, 묵직한 물체를 바닥에 질질 끄는 소리가 점점 가까워진다.

그 소리는 점점 더 또렷해진다. 스윽스윽, 옷가지가 반들반들한 마룻바닥을 스치는 소리. 토독토독, 손톱 혹은 발톱이 마루를 찍는 소리.

"…6, 7, 8…."

묵직한 물체는 몸이다. 손톱이 가짜 손에 붙어있다.

바닥에 끌리는 소리가 나는 이유는 몸통에 다리가 없어서다.

"거기 누구야?"

하지만 릴리는 이미 알고 있다.

고철 덩어리는 이제 아주 가까이, 그녀 발에서 불과 몇 센티미터 거리에 있다. 저 고무 손의 감촉이 벌써 느껴지는 듯해 순간 소름이 쫙 끼친다.

"…2, 1."

릴리는 주 전원 스위치를 올린다. 조명이 일제히 켜지고, 그녀는 휙 돌아선다.

29

헨리는 메인프레임을 켠다. 긴 한숨을 토하며 작동을 재개하는 기
계음이 그에겐 영락없이 생명체의 소리로 들린다. 이번엔 마치 수
술 후 마취에서 깨어나는 환자 같다.

침실 문으로 향하던 헨리는 도중에 이상한 낌새를 알아채고 멈
춰 선다. 서랍장 위의 사진 액자다.

그가 붙여놓은 릴리와 자신의 액자가 도로 떨어져 있다. 헨리가
한 게 아니다. 액자는 원래 있던 곳보다도 더 멀리, 각각 서랍장 윗면
양쪽 가장자리에 걸쳐져 지금은 바닥으로 곤두박질치기 직전이다.

릴리의 사진이 떨어지는 순간에 헨리가 낚아챈다. 그의 사진은
그대로 기울어 마룻바닥에 내리박히며 박살이 난다.

그는 꿇어앉는다. 비교적 큰 유리 조각들을 주워 쓰레기통에 던

져 넣는다. 어떻게 된 일인지 짐작해 보려 해도 아예 감조차 잡히지 않아서, 가장 큰 유리 조각부터 가장 작은 파편까지 찾는 데 집중한다. 아내가 집 안에선 자주 맨발로 다니니까. 미처 치우지 못한 잔 조각들은 몇 달이고 그 자리에서 희생양을 기다리곤 하니까. 그 정도 세월이면 아기가 자라 기어다니고도 남는다. 통통한 무릎이나 손에 유리 파편이 박히는 상상에 이르자 그는 몸을 더 수그리고 바닥을 샅샅이 훑는다.

그런데 카펫의 한 부분이 축축하다. 그가 그 부근에 코를 대보지만 아무 냄새도 나지 않는다.

로봇 개가 방으로 뛰어 들어온다. 이제 콧잔등에서 물방울이 떨어지진 않지만 성근 털은 아직 덜 말라 짙은 색을 띤다.

헨리가 말을 건다.

"어이, 너 뭘 쏟은 거냐?"

개는 꼬리를 흔든다. 아니, 돌린다. 점점 빠르게, 꼬리를 프로펠러 삼아 공중으로 떠보겠다는 듯이. 녀석은 그에게 보여주고 싶은 게 있다. 헨리가 엎드리기만 하면 볼 수 있다. 개는 낑낑대며 조른다. 침대 밑에 있는 시신을 헨리에게 보여주고 싶어 안달한다.

시커먼 구멍에서 불거져 나온, 니스 칠한 달걀처럼 반지르르한 하얀 눈알… 공포에 질린 표정으로 굳어버린 얼굴, 온통 벌건 데다 군데군데 일어나거나 벗겨진 피부. 정작 시체는 아무것도 못 느끼겠지만.

개는 더 격하게 짖는다. 헨리에게 침대 밑을 보라고 끈질기게 보채지만 전혀 통하지 않는다.

헨리가 말한다.

"자자, 넌 나가."

개는 그 자리에서 버틴다. 해명을 요구하는 손가락 대신 꼬리를 바짝 세운다.

"가라고!"

개가 꼬리를 내리고서 총총 걸어 나가고 헨리는 혼자 남는다. 그러나 어쩐지 여전히 혼자가 아닌 듯한 기분이다.

30

현관홀에서 릴리는 초조한 걸음으로 좁은 원을 그리며 서성인다. 전원을 켜자마자 계단 밑 창고에서 뒤돌았을 때는 별다른 게 보이지 않았다. 하지만 분명 그 전에 뭔가 있었다. 그것이 남긴 기름내가 난다. 침입자가 풍겨놓은 악취로 공기가 무겁다. 차창을 내린 채 도축장을 지나쳐 갈 때와 같은 느낌이다.

계단을 내려오는 헨리의 발소리가 들리지만 그녀는 한사코 그쪽으로 눈을 돌리지 않는다. 자기가 얼마나 겁먹었는지 그에게 보여줄 마음은 추호도 없다. 어째서 이토록 기를 쓰고 들키지 않으려 하는지 그녀 자신도 잘 모르겠지만.

헨리가 1층 바닥에 발을 내딛다 말고 멈춰 선다.

"무슨 일이야? 릴리? 당신 지금….."

"무슨 소리 못 들었어? 자기 2층에 있을 때?"

그는 사진 액자 얘기를 할까 생각하다가 그만두기로 한다. 불가사의한 현상을 못 견뎌하기로는 릴리가 그보다도 더하다. 그러니 보이지 않는 손이 서랍장 위 사진 액자를 밀어 떨어뜨렸다는 얘기를 전해봤자 아내의 짜증만 돋울 것이다.

"아니. 왜?"

"난 들은 것 같아서."

"무슨 소리였는데?"

"내 생각엔⋯."

그녀는 이내 자조하며 얼버무린다.

"아냐, 별거 아니었어."

릴리는 현관 옆 벽면의 자판을 두드리기 시작한다. 헨리는 바들바들 떨리는 그녀의 어깨가 눈에 밟힌다.

"됐어?"

그녀는 못 들었는지 계속 자판만 두드린다.

"릴리? 초기화⋯."

"아니."

그녀가 그를 돌아본다.

"안 됐어."

헨리는 한달음에 그녀에게로 간다. 아내의 어깨를 진정시킬 수 있길 바라며 가만히 두 손을 얹는다. 그러나 그 손길에 도리어 릴리의 어깨 근육이 움찔하며 긴장한다.

그는 손을 거두며 말한다.

"우리는 어떻게든 해결할 거야."

"왜? 우리가 세상에서 제일 똑똑하니까?"

"응, 누구보다도 똑똑한 건 당신이지만… 어쨌든."

돌아서서 언뜻 정면으로 그와 눈을 맞추는 듯하더니 릴리는 곧바로 시선을 내린다. 그의 턱과 무언의 대화를 나누듯 거기에 시선을 둔 채로 어색하게나마 옅게 미소를 짓는다. 어차피 이런 행동은 그녀가 보여줄 수 있는 최소한의 예의에 지나지 않는다. 그럼에도 헨리는 그것을 완전히 화해하기 위한 첫걸음이라 여긴다. 마치 아내가 이대로 까치발을 하고 입맞춤이라도 할 것처럼.

"왜 그랬어?"

릴리의 질문에 그는 할 말을 잃는다. 어떻게 알았지? 하기야 무슨 상관이랴. 헨리가 한 짓을 그녀가 알았고, 그럼 다 끝난 거다. 그의 삶이, 자유가. 무엇보다 가슴 아프지만 그의 결혼생활도. 그는 끝났다. 거짓말로 둘러대길 포기하고 진실을 털어놓으려 해도, 헨리가 가장 간단한 말로라도 형용할 수 있는 부분이 정말이지 하나도 없다.

릴리가 다시 묻는다.

"왜 윌리엄을 만들었어?"

그가 할 수 있는 일이라곤 안도한 표정을 감추는 것뿐이다. 그저 기다리는 것, 그녀가 미심쩍은 눈으로 그를 판단하게 두는 것은 최선이 아니다. 릴리의 물음에 답해야 한다.

바로 그 질문을 헨리가 얼마나 많이 자문했는지는 하늘이 안다. 이 질문에 다른 질문들까지 꼬리에 꼬리를 물었다. 어째서 조잡한 장난감 하나에 네 행복을 위태롭게 하는 거냐? 그걸 왜 혼자 해? 일에 매몰되는 게 어떤 것인지 릴리도 이미 잘 알고 있으니, 막연한 상상이 실제로 구현되고 나아가 기대를 뛰어넘을 때의 전율은 굳이 언급할 필요가 없다. 하지만 애당초 왜 시작했을까? 원하던 건 전부 가졌는데? 릴리, 집, 곧 태어날 아기까지. 사실 헨리는 답을 알고 있다. 릴리의 감정을 상하게 하지 않고는 털어놓을 방법이 없지만. 그러니까 그는… 외로웠다.

헨리는 답한다.

"글쎄, 잘 모르겠어."

"이상하잖아. 어느 날 갑자기 나한테 필요한 물품 목록을 떠안기더니 바로 다음 날부터 틈만 나면 로봇 만드는 일에만 매달리는 게."

"그걸 나도 후회해."

"아니, 자기는 후회하지 않아."

"그럴 가치가 없었는데."

"막상 윌리엄이 당신 생각과는 달랐을 수 있어, 그건 알겠어. 하지만 그 정도면 사실 인상적인 성과지."

진심이다. 실험을 성공했다고 말할 수 있으면 릴리는 어떤 희생이라도 용서할 수 있다. 그녀가 벌인 벤처사업이 그 증거다. 자신의 전부를 쏟아부어 세상에 없던 것을 만들어 내더니, 돈 많은 인간들이 득달같이 달려들자 아무렇지 않게 팔아치우고 자신은 빠졌다. 헨리에게도 자신은 오로지 일을 벌이는 데만 관심이 있으니 운영이야 누가 하건 상관없다고 누누이 말했다. 자신이 벌인 일이 어디로 어떻게 흘러가는지는 그녀의 관심사가 아니다. 기존의 문제들을 해결하건, 새로운 문제를 만들어 내건 릴리가 알 바 아니다. 바로 그런 점에서 자신이 타고난 기업가라는 게 그녀의 입장이다. 헨리는 그것이 순전한 야망을 쉽고 편하게 표현하는 방식이라고 본다.

헨리가 말한다.

"내가 고등학교 때 수학 선생 얘길 한 적 있지?"

"당신의 첫 번째 멘토."

"웃기는 얘기로 들리겠지만, 내가 윌리엄 제작에 몰두하는 동안 내내 그분이 지켜봐 주셨어. 항상 그분이 거기 계신 걸 느낄 수 있었지. 때로는 내 부모님도 계셨고. 지금은 모두 돌아가셨지만 그분들 영혼이 내 연구실을 찾아와 곁에서 격려해 주셨어."

"무슨 말인지 알아. 자기는 그분들의 자랑이고 싶었던 거야."

"한동안은 그게 됐지. 하지만 윌리엄이 그렇게… 그런 존재가 되고부터는 더 이상 그분들이 느껴지지 않았어."

릴리는 그의 표정을 더 잘 뜯어볼 수 있게 한 발짝 물러선다. 언제나 어김없이 헨리가 기습적으로 당하고 마는 '릴리표 동작'이다. 별안간 대화를 평가로 바꿔버리는.

그녀가 묻는다.

"어째서?"

"그분들이 나보다 먼저 아셨던 것 같아."

"문제를?"

"응, 윌리엄에 문제가 있다는 사실을."

"그건 자기 잘못이 아니었는걸."

"나도 그렇게 생각하고 싶어. 내 탓이 아니라고 확신할 수 있는 날은 영원히 오지 않겠지만."

그녀가 팔짱을 낀다.

"자기가 어떻게 알았겠어? 자기가 프로그램을 짰고, 그 프로그램이 예기치 못한 방향으로 변했어. 이런 건 AI 판에선 흔한 일이야."

"그거야 소프트웨어에 잠입하는 숨겨진 편향 얘기지. 지문처럼 남는 편견 말이야."

"응, 그렇다고 프로그래머를 탓하지는 않아. 프로그래밍 과정에 오염이 전혀 없는 건 불가능하니까."

"하지만 그게 말이야, 내가 말하는 건 윌리엄의 프로그램이 아니야."

릴리는 또, 이번에는 차원이 다른 심각한 얼굴로 그의 표정을 빤히 살핀다.

"그럼, 프로그램이 아니면 뭔데?"

"로봇, 프로그램, 아기…. 뭔가가 새로 탄생할 때는 그 존재와 더불어 '공간'이 생겨. 존재 안의 부재랄까. 짐을 싣지 않은 배가 바다로 출항하는 격이지."

"그러니까 윌리엄이 제 몸에 썩은 물고기 같은 걸 넣었다, 이 말이야?"

"내 생각엔 뭔가가 따라와서 놈 안의 공간을 차지하기로 작정한 것 같아."

릴리는 알만하다는 듯 고개를 주억이다가 이내 포기하고 어깨를 으쓱한다.

헨리는 이쯤에서 이 화제를 접자는 뜻으로 머리를 흔든다. 그 자신도 아직 깊이 생각해 보지 못했는데… 아니, 이 순간 이전까지 거의 생각조차도 않았는데 뜻하지 않게 대화가 너무 많이 나아갔다. 정리되지 않은 복잡한 주제를 릴리와 논하는 건 결코 현명한 일이 아니다. 그러나 그녀는 눈을 부라리며 계속하라는 눈빛을 보낸다.

"오로지 내가 부여한 지능과 몸과 정신만이 윌리엄이라는 존재를 규정하리라고 넘겨짚은 게 실수였어. 놈은 유일무이한 존재야. 그런 특수성이 놈한테 다른 영향력, 다른 존재에 신호를 보내게 한 거야. 안 될 거 없잖아? 윌리엄은 나한테 더없이 흥미로운 존재였어. 놈이 보낸 신호가 닿았다면 누구라도 나처럼 여길 수 있지."

"말하자면 그게 디지털 기생충에 감염됐다는 거야? 자기 대신 내가 주문한 부품들에 그린 게 있었다고? 그러니까, 그게 해킹당했다고?"

"그런 거랑은 결이 달라."

"그럼 뭔데? 어떤 결인데?"

그는 한 손바닥으로 뺨을 쓸어내리며 망설인다. 속생각을 털어놓을지 그냥 담아둘지 선택해야 한다. 그러나 선택하고 말고 할 것도 없다. 어차피 말이 나왔으니.

"어쩌면 내가 도덕성에 관한 매개변수를 프로그래밍하는 데 소홀했었나 봐. 로봇한테 자율성을 너무 많이 준 탓에 놈이 잘못된 길로 들어섰는지도. 하지만 윌리엄한테는 뭔가 악한 구석이 있었어. 아니, 뭔가 악한 것이 놈의 내면에 '깃들었'지. 딱히 나도 아니고 놈도 아닌 무언가가. 그게 윌리엄한테서 기회를 찾은 거야."

"그 말인즉 마치 당신이…."

뒤이은 생각을 떨쳐내기 위해 이번엔 릴리가 머리를 흔든다.

그녀의 생각도 헨리의 생각과 같은 방향으로 흘러가고 있을까. 그가 직접 물어 확인하려는 순간, 웬 음악 소리가 들려온다. 나직한 베이스 선율, 이어서 기타의 파워코드. 위층에서 나는 소리다.

릴리가 재깍 계단으로 향하자 헨리가 말한다.

"당신이 올라갈 필요는 없을 것 같은데…."

그러나 그녀에겐 그의 말이 들리지 않는다.

31

억지로 아내를 막을 수는 없다. 자신의 곁을 떠나지 말라고 할 수
도 없다. 릴리니까. 그녀는 결혼 서약을 어겼고, 지금은 이 집에 남
편과 함께 갇혔는데도 이를 해결하기보다 연인을 찾는 데만 급급하
다. 그럼에도 헨리는 자기가 그녀에게 이래라저래라 할 권리는 없
다고 믿는다.

그래서 그는 해도 되는 일을 한다. 그녀가 올라가게 두고 몇 초
후에 뒤따라간다.

몸이 무거울 텐데도 릴리의 발걸음은 상당히 빠르다. 헨리가 2층
에 이르렀을 때 그녀는 벌써 다락 쪽 계단을 오르는 참이다.

여기 오니 음악 소리도 한층 더 크게 들린다. 짐승처럼 춤추는
베이스 음이 벽을 쿵쿵 울린다. 그는 하드록을 즐겨 듣지 않지만(사

실 음악이라면 장르 불문하고 문외한에 가깝다) 이 곡은 안다. AC/DC
의 〈다시 어둠에서〉이다.

릴리는 연구실로 가는 중이다. 음악이 흘러나오는 곳, 윌리엄의
몸이 있는 곳. 그녀가 누런 피를 흘리는 사체와 한 공간에 있게 된
다는 생각만으로도 헨리는 이루 말할 수 없이 괴롭다. 아내를 혼자
가게 둘 순 없다.

끼익, 끼익, 끽… 거슬리는 소음이 뒤에서 날아든다.

헨리는 휙 돌아선다.

꼬마마법사다. 그가 2층에 도착한 게 불과 몇 초 전인데 그때는
저것이 없었다. 그런데 난데없이 지금 신나게 페달을 밟으며 뺑뺑
돌고 있다. 직진이 아닌 선회도 할 줄 알아? 심지어 저렇게 빨리?
그는 저 장난감이 저런 움직임이 가능한 줄 전혀 몰랐다.

"너 뭐 하냐?"

헨리의 질문은 꼬마마법사보다는 자신에게 던지는 말이다.

제 꼬리를 쫓는 개처럼 꼬마마법사는 속도를 유지한 채 원을 좁
혀간다. 그러면서 조금씩 계단 쪽으로 이동하는 것이 이대로 두면
곧 굴러떨어질 판이다. 가서 멈춰줄까? 하지만 헨리는 저것을 건드
리고 싶지 않다. 제 손으로 만들었지만 이제는 불온하고 기괴한 물
건으로 변해버렸으니까.

자전거 앞바퀴가 계단 턱에서 회전한다. 꼬마마법사의 모자가
푹 꺼진다. 로봇은 시야에서 사라지고, 권투 장갑으로 탬버린을 치
는 소리처럼 찰, 찰, 찰, 계단을 구르는 소리만 들린다.

별다른 구경거리는 못 되지만 왠지 저게 헨리가 봐주길 원하는

것 같다.

뒤통수가 찌릿찌릿하다. 금방이라도 덫에 걸릴지 모를 상황을 앞둔 무의식의 경고. 하지만 헨리는 마음속 외침을 외면한다. 그는 꼬마마법사의 추락 이후를 보기 위해 계단 끝으로 다가간다.

*****

연구실 문이 열려있다. 릴리는 팔꿈치로 밀어 틈을 벌린다. 그녀가 안에 발을 들이자마자 음악이 멎는다.

그녀는 어깨 너머로 흘깃 시선을 던져본다. 헨리가 보이지 않는다. 몇 조 전까지도 사신을 따라 계단을 오르더니. 따라와 달라는 뜻으로 비칠까 봐 일부러 돌아보지 않았지만 분명히 발소리는 들렸는데. 막상 보이지 않으니 이제야 정말 헨리가 있어줬으면 싶다.

연구실 안 어딘가에서 딸깍 소리가 난다. 이어서 찌지지직, 전파 잡음이 길게 퍼진다.

데이비스를 위해 용기를 내야 한다.

데이비스를 찾아야 한다.

이 두 가지 생각만 머릿속으로 되뇌면서 릴리는 쉬지 않고 다리를 놀린다. 바닥에 어지럽게 널린 전선들 가운데 빈 공간을 찾아 발을 딛으며 작업대와 작업대 사이의 비좁은 통로를 따라 움직인다. 작업대 가장자리에 쌓인 기계 팔이나 다리, 고무 피부 조각 따위를 건드리지 않게 조심한다. 또한 바닥에 놓인 로봇에 우연히라도 시선이 닿지 않도록 신경을 곤두세운다.

윌리엄의 라디오가 보인다. 로봇이 내려놓은 그 자리에 그대로 있다. 거기서 백색소음이 흘러나온다. 아마 방금까지는 음악 소리가 나왔을 것이다. 둥그런 채널 표시 화면이 녹조 낀 물빛처럼 탁한 빛을 발한다.

릴리는 라디오를 집어 들고 가느다란 실이나 마술 장치 같은 게 있는지 살피듯이 이리저리 돌려본다. 그러고 보니 로봇이 만진 지 얼마 되지 않은 물건이다. 그것의 고무 손이 남겼을 눅눅한 기름 자국을 생각하니 거기에 손을 대고 있다는 사실이 소름 끼친다.

라디오를 내려놓으려 하는데 화면의 바늘이 움직인다.

그녀는 얼른 라디오를 내던지듯 놓아버린다.

그런데 꺼지지 않는다. 바늘이 녹색 눈금판 아래 숫자들을 가리키며 회전한다. 특정 채널로 옮겨가는 게 아니라 주파수 대역 전체를 훑으며 뱅글뱅글 돈다.

전파 잡음 사이사이로 음악과 음성이 툭툭 튀어나온다. 뉴스, 광고, 스포츠 해설에서 한 단어씩.

"큰, 당신, 시내."

중고차 영업원, 재잘대는 어린이, 마릴린 먼로 목소리를 내는 성우, 이런저런 분위기, 단편들, 의미를 쥐어짜는 무의미한 소리들.

바늘은 계속 돌지만 음량이 점점 줄어든다. 배터리가 간당간당하다. 릴리는 좀 더 잘 들리게 다시 라디오를 들어 스피커가 얼굴 쪽을 향하게 돌린다. 처음 만졌을 때만큼 지금도 몹시 꺼림칙하지만, 그녀의 직감이 이 마구잡이 단어들을 이해할 필요가 있다고 말한다.

음량이 거의 바닥이다. 그녀는 스피커를 귓가에 댄다. 그것이 살갗에 닿는 순간, 단어들이 하나의 문장을 이룬다.

혀짤배기 어린애 혹은 우렁찬 설교가 또는 임종 직전의 속삭임으로 각기 다른 목소리를 내지만 이건 모두 하나의 정신이 고른 단어들이다.

"너무, 어두워, 여기."

릴리는 라디오를 꺼버린다. 이번엔 제대로 내던진다. 리디오는 작업대 너머 바닥으로 떨어져 구르다 저쪽 벽면에 닿으며 멈춘다. 릴리가 있는 곳에서는 동물 사체처럼 보인다. 쥐약을 먹은 시궁쥐 쯤 될까.

그때 쥐가 녹색 빛을 발하며 반짝 눈을 뜬다.

"젠장."

릴리는 한 발 뒤로 물러선다.

라디오가 단숨에 또 다른 단어들을 조합해 낸다. 이번엔 무작위로 튀어나오는 가수나 성우나 뉴스 앵커의 목소리를 빌리지 않고, 윌리엄의 목소리로 말한다.

"제가, 보여, 드릴게요."

32

자전거가 현관홀의 대리석 바닥에 내리꽂히고 그 충격으로 꼬마마법사가 튕겨 날아간다.

그 물건은 안장을 벗어나며 헨리를 향해 연방 팔을 흔든다. 안녕? 안녕! 뻣뻣하게 굽은 무릎으로 공중에서 뒤돌기를 하다가 현관문에서 팔 하나 길이만큼 모자란 지점에 털썩 떨어진다.

이걸 그에게 보여주고 싶었나? 로봇 장난감의 자살 장면? 어째서 헨리는 꼬마마법사가 자기한테 뭔가를 보여주고자 했다고 그리도 확신했을까?

조금 전까지와는 결이 다른 불안감이 밀려든다. 동시에 호기심도 인다. 헨리는 슬금슬금 계단을 반쯤 내려간다.

1층 복도에서 발톱으로 마룻바닥을 찍어대는 소리가 나더니 로봇 개가 나타난다. 꼬리를 마구 흔들며 앞발을 들었다 내렸다 하는 모습이 흡사 보이지 않는 친구와 게임이라도 하는 것 같다. 헨리는 처음 보는 모습이다. 오작동이겠지. 그런데 녀석의 눈이 심상치 않다. 눈알이 움직이지 않는데 그게 다가 아니다. 녀석의 시선이 복도 쪽 어딘가에 고정돼 있다.

헨리는 한 발 더 내려간다. 한 발짝 더. 이쯤이면 개의 시선이 향한 곳이 어딘지 확인할 수 있다. 그는 오른쪽 난간에 기대어 고개를 내밀고 아래의 복도를 살핀다.

누군가 불쑥 나타난다.

그자는 온몸에 투명한 방수포를 친친 감은 채 휘청휘청한다. 방수포 안쪽으로 주름진 곳마다 피가 고이며 번진다. 남자는 팔을 앞으로 뻗은 채 더듬더듬 걷고, 방수포는 구겨지며 부스럭부스럭 소리를 낸다. 걸음을 놓을 때마다 무릎이 후들거리지만 그자는 쓰러지지 않는다.

헨리는 눈앞에 놓인 현실의 조각들을 끼워 맞추려 애써보지만 붉게 점철된 장면이 그의 사고를 방해한다. 그 남자… 데이비스의 가슴에서 새는 피가 발을 향해 구불구불 흘러내린다. 또 발을 내디딜 때마다 방수포 안에 고인 피가 솟았다 가라앉길 반복한다.

헨리는 보면서도 믿을 수가 없다. 그자가 당한 일을, '자기가' 그에게 한 짓을 CCTV 영상으로 보았으니까. 그런데 데이비스가 움직이니까. 투명한 비닐 속에서 그자가 피를 흘리며 두 발로 서서 걷는다. 물리 원칙도, 죽음의 법칙도 아무런 힘이 없다는 듯이.

비척거리는 데이비스를 새로운 장난감으로 여기는지 로봇 개가 그자의 주위를 맴돈다. 징그럽도록 길게 빼문 혀끝이 방수포 안의 피를 찾아 핥는다. 그러나 개의 혀는 따끈한 액체에 번번이 닿지 못하고 개는 더 안달하며 낑낑댄다.

헨리는 혼란스럽다. 경악과 충격으로 아뜩한 와중에도 그는 저 개가 실상 불가능한 행동을 하고 있단 것을 알아챈다. 로봇 개의 소프트웨어에 후각이나 미각은 포함돼 있지 않다. 녀석은 허기를 모른다. 배터리 충전이 필요한 상태가 될 뿐이고 녀석이 인지할 수도 없다. 그런데 버젓이 코를 킁킁대고 혀를 날름거리며 왕성한 식욕을 드러내고 있다니.

데이비스가 현관문을 향해 걷는다. 방수포 때문에 시야가 왜곡돼 앞을 거의 분간할 수 없을 텐데도 분명 자의로 그리 가는 것 같다. 그냥 둬도 될까? 문에 부딪힐 것 같거나 나가겠다고 발버둥치려 하면 가서 막아야 하나?

그러나 데이비스는 방향을 틀어 거실로 향한다. 마음을 돌연히 바꿨는지 한순간 몸이 기우뚱한다. 잠시 후 그자는 헨리의 시야를 벗어난다.

개가 그를 따라가려 한다.

"가만있어."

헨리의 지시대로 개는 순순히 앉는다.

헨리는 서둘러 계단을 마저 내려간다. 앞다투어 떠오르는 질문들이 머릿속을 헤집는다. 어떻게 데이비스가 여태 살아있지? 여긴 어떻게 내려온 거야? 방수포는 또 뭐고, 누가 그랬지? 사람의 숨통을 완전히 끊는 방법에 대해선 전혀 모르지만, 가윗날에 가슴을 찔린 정도로는 죽지 않는다는 것, 적어도 즉사하진 않는다는 사실이 대단히 충격적인 일은 아닐 것이다. 데이비스가 혼자 힘으로 내려왔을 수도 있고 누군가가 데려왔을 수도 있다. 틀림없이 헨리의 기억에는 없는 시간에 벌어진 일이다. 내가 한 짓인가? 전부 다? 정말 내가?

이런 생각들이 어지럽게 튀더니 어느 순간 새로운 갈래의 질문들이 그의 머릿속을 쿵 때린다.

'이 남자를 구해? 숨겨? 아니면⋯ 끝장을 내버려?'

헨리는 말한다.

"도와드릴게요."

그는 현관홀에 와있다. 여기서라면 아마 두 층 위에 있을 릴리에겐 닿지 않게 말할 수 있다. 신중하고, 차분하며, 친절하게. 그런데도 데이비스는 헨리의 목소리가 들리자 누구인지 확인하러 돌아보지 않고도 공포에 몸을 움츠리다 하마터면 나동그라질 뻔한다.

"괜찮아요, 일이 이렇게 돼서 유감입니다. 하지만 이제 내가 도울 수 있어요."

데이비스는 가만히 있다. 아마 헨리가 진심인지 가늠해 보는 중이거나, 헨리가 다시 공격해 오면 반격할 방법을 궁리하는 중일 것이다.

"난 그쪽을 해칠 생각이 없어요."

이것이 결정타였다. 당신을 해치지 않겠다는 헨리의 말을 상대방은 정반대의 뜻으로 받아들인다. 방수포 안에서 허둥지둥 팔을 뻗고 거실로 풀쩍 뛰다시피 들어가 버린다.

헨리도 다급해진다. 그자의 피와 상처보다 그자의 공포를 보는 것이 더 힘겹다. 데이비스를 이 지경으로 만든 장본인이 바로 자신일 수도 있다고 생각하니 속이 미친 듯이 울렁거린다.

다 끝났고, 끝나서 다행이다. 헨리는 본인이 그를 살해한 줄로 알았다. 그러나 데이비스는 아직 숨이 붙은 채 여기에 있다. 릴리가 자신을 용서할까? 아마 아닐 것이다. 하지만 허심탄회하게 해명할 여지가 생겼고, 해명할 여지가 있는 한 이해받을 가능성도 있다. 더는 진실을 덮지 않아도 된다는 안도감이, 서먹한 자리에서 처음 들이켠 와인 한 모금처럼 헨리의 속을 가라앉힌다.

"약속합니다. 절대…."

헨리가 데이비스에게 닿을 거리에 이르기 전, 벽체에 삽입돼 있던 묵직한 목문이 밀려 나와 그의 앞을 가로막으며 닫힌다.

헨리는 복도에 홀로 남는다. 몸을 던져서라도 문을 부수려다 만에 하나 릴리가 들을지도 모른다는 생각에 그만둔다. 데이비스의 이름을 부르거나 문을 두드리지도 않는다. 소리가 날 일은 아무것도 하지 않고 복도 바닥을 눈으로 훑으며 혹시라도 새어 나온 핏자국이 있는지 살핀다.

33

다락에서 내려오며 릴리는 집에 불이라도 질러버릴까 생각한다. 그러면 소방관이 때맞춰 와서 집을 부수고라도 들어와 그녀가 타 죽기 전에 구출해 줄 수 있을까? '과격한 계획'이다. 데이비스는 그녀의 과감한 시도들을 그렇게 불렀다. 릴리가 무모한 실험을 밀어붙이겠다거나 규제 기관을 농락하는 계획을 설명하면 그는 "릴리에겐 항상 과격한 계획이 있지" 하며 혀를 내두르곤 했다. 그것은 감탄이자 경고였다. 도박이 언제나 성공하는 건 아니라는 점을 넌지시 일깨우는 경고.

불을 지른다는 아이디어는 어쨌든 가망이 없다. 우선 그녀는 화재가 너무 무섭다. 연기를 조금만 마셔도 아기에게 치명적일 것이다. 게다가 이 집을 에워싼, 군대에서나 쓰는 유리창과 강철로 만든 블라인드를 소방관의 도끼나 삽 손잡이 따위로 깰 수 있을까? 아마 안 되겠지.

뭐든지 최고여야 한다. 특히 자신의 장비, 자신의 기술, 자신의 연구실은. 물론 사는 집의 보안 문과 블라인드도. 릴리는 좋은 것과 더불어 살아야 좋은 일이 생긴다고 믿는다. 어떤 계기로 그렇게 믿게 되었는지는 잘 모르겠다.

그녀가 야심가라는 사실엔 의문의 여지가 없었다. 학창 시절부터 그것이 그녀의 '특기'였으니까. 어떤 이들은 그런 부분을 들먹이며 적당히 받아들일 만한 수준에서 릴리의 성취를 깎아내렸다. 한편 릴리 같은 부류를 좋아하는 남자들은 그녀의 투지를 섹시하다고 말했다. 그녀는 그 말을 믿고, 스스로도 그렇다고 생각한다.

하지만 그녀가 품은 야망의 크기와 범위, 성공을 향한 엄청난 열망에는 명확한 동기가 없다. 부모님은 온순한 분들이셨고 낯 뜨거울 정도로 넘치는 사랑을 주셨다. 그녀는 돈을 좋아했지만 돈으로 자신의 가치를 매기지는 않았다. 능력에 따르는 칭찬과 보상이 좋았지만 명성은 그녀에게 불필요한 부담으로 다가왔다.

진정한 쾌감은 자신에게 도전하고 자신을 뛰어넘는 순간에 찾아왔다. 주주들이 요구해서가 아니라 '내가' 원해서 무언가를 시작할 때. 예상되는 결과를 따지지 않고 시작한 프로젝트들이 대개 가장 혁혁한 성공을 거두었다.

말하자면 릴리는 '신'이 하는 일을 하고자 했다. 어려운 윤리적 결정을 내리거나 지켜야 할 규칙을 세우거나 가드레일을 치는 일을 말하는 게 아니다. 신은 그렇게 하지 않는다. 신은 창조한다. 그 결과가 아름다움이건 발견이건 심지어 혼돈이건 개의치 않는다. 세상을 놀라게 할 무언가가 탄생했다는 게 중요하다.

그래서 릴리가 헨리에게 윌리엄을 왜 만들었냐고 물은 것이다. 그도 자신과 같은 식으로 느끼는지 알고 싶어서.

2층 복도를 걷던 와중 릴리는 거실 문이 닫히는 둔탁한 소리를 듣는다. 집 컴퓨터 짓인가? 아니면 헨리?

그녀가 지나가자 복도 오른쪽 문이 저절로 열린다. 아기방이다.

마치 이 집이 그녀더러 들어오라고 하는 것 같다. 그렇다고 들어가야 하나? 이렇게 노골적인 초대는 거절하는 게 상책일 것이다. 하지만 그녀는 어차피 이 집에 갇혔다. 탈출할 방법은 단 하나, 열리는 문은 모조리 통과해 그 끝을 확인하는 것뿐이다.

*****

데이비스가 뒤돌아볼 즈음 거실문은 거의 닫혔다. 문은 남은 몇 센티미터를 더 가서 벽체와 텅, 하고 맞물리며 잠긴다.

헨리와 사이가 가로막혀서 다행이다. 그가 자신을 이렇게 만들었다. 가윗날로 찌르고, 냉동 고기인 양 몸을 비닐로 둘둘 싸맸다. 적어도 지금 이 방에 헨리는 없다. 그와 한 공간에 있다면 데이비스는 공포에 짓눌려 아무 생각도 할 수 없을 것이다. 그러나 데이비스가 의식을 되찾은 직후부터 내내 풀고자 한 문제는 아직 그대로 남아있다. 여길 어떻게 빠져나갈 것인가?

시간이 별로 없다. 그는 여전히 피를 흘린다. 옷 속에서 따끈한 피가 스멀스멀 흘러내리고 있다. 그는 여전히 충격에서 헤어나지 못했다.

비닐 때문에 모든 게 찌그러져 보이지만 데이비스는 방 안 이곳저곳을 둘러본다. 여기 어딘가 숨을 데가 있을 텐데…. 아니, 아니, 안 된다. 숨을 때가 아니다. 자신는 다쳤고 치료가 필요하다. 어쩌면 죽어가는 중인지도 모른다. 어떻게든 '나가야' 한다.

어정버정 발을 끌면서 데이비스는 릴리의 얼굴을 머릿속에 그려보려 한다. 그에겐 바로 그녀가 동력이다. 마호가니 판재를 두른 이 반질반질하고 무시무시한 집에서 탈출해야 할 이유다. 하지만 정작 떠오른 얼굴은 어머니다. 오래전에 세상을 떠난, 자연히 그가 자신의 과거에도 없는 사람이라 치부하게 된("우린 가까웠던 적이 없지") 여성이 지금 나타나서는 넌 언제나 똑똑한 아이였으니 포기하지 말라고, 계속 생각하라고 독려한다.

창문이다. 문이 닫힌 뒤로 그가 향하던 곳. 그러나 그 이유를 이제야 알아챈다.

몇 초 전에 열렸으니까. 크고 무거운 강철판이 저절로 올라가 높이 180센티미터의 창틀 바닥에 틈을, 성인 남자가 통과하기에 적당한 틈을 냈다.

왜 지금 열렸을까? 하지만 그런 걸 궁금해할 시간이 없다. 이건 기회다. 유일한 탈출구다. 일단 빠져나가서 지나가는 차를 향해 손을 흔들거나 이웃집 문을 두드려 응급실에 도착하고 나면 이 상황에 대해 사람들에게 합리적으로 설명할 수 있을 것이다.

창문 밖은 너른 옆뜰이다. 어느덧 바깥에는 어스름이 깔렸다. 사유지 경계를 표시하는 소나무들 틈새로, 이웃집 마당에 둥둥 떠다니는 유령 혹은 프랑켄슈타인 괴물 모양 풍선들이 언뜻언뜻 보인다.

데이비스는 강철판 아래에 난 공간으로 몸을 날린다. 창틀 너머 땅바닥에 굴러떨어질 테니 거기서 몸을 추스르고 나가면 된다. 하지만 이 계획은 절반만 성공한다. 창문턱에 방수포가 걸려 머리만 창밖으로 나가고 나머지는 몸통은 실내에 늘어진 채 발차기만 하고 있다.

한두 번만 더 힘껏 방 안쪽으로 발을 차면 창틀을 넘어갈 수 있겠건만 도저히 다리에 힘이 들어가지 않는다. 여기까지 오는 데 힘을 몽땅 소진한 탓이다. 하체가 몸을 앞으로 밀기 위해 버둥대는 것이 느껴진다. 움직이는 대로 방수포가 구겨지며 그의 몸을 더욱 옥죈다. 먹잇감을 휘감고서 제풀에 지쳐 나가떨어지길 기다리는 뱀처럼.

데이비스는 목을 빼고 위를 올려다본다. 양팔을 벌린 너비쯤 되는, 단단한 참나무로 된 창틀이 보인다. 여태 올라가던 창문 유리판이 더는 올라갈 수 없는 지점에서 턱 멎는다.

이때 거실 문밖 복도에서 어떤 소리가 난다. 릴리인가? 페이지?

제발, 하고 외치려 해보지만 그의 입에서 나오는 건 비릿한 침방울뿐, 그마저 숨을 쉴 때마다 그의 얼굴에 들러붙는 비닐에 닿아 터져버린다.

그는 입가의 비닐을 치우려 갖은 수를 쓴다. 나름 할 만큼 해내자 되는대로 한껏 숨을 들이마신다. 하지만 방수포 안은 피비린내가 진동하고, 더운 데다, 들이마신 공기마저 흥분한 폐를 거쳐 도로 나오는 통에 그는 그만 기침을 한다.

그 소리가 다른 소리를 부른 것 같다. 삐그덕, 쩍. 톱날에 반쯤 잘린 나무가 넘어가는 듯한, 그 찰나의 경쾌하고 깔끔한 소리. 무언가 떨어진다. 갈라지는 얼음처럼 세차게.

데이비스는 다시 위를 본다. 갑자기 솟는 눈물에 선명해진 시야로 창문이 달려든다.

그가 덜커덕한다. 한 번. 동시에 느껴진다. 충돌이. 목뼈가 쪼개지고, 목이 거의 다 잘려 띠처럼 늘어난 피부에 머리통이 간신히 매달려 있다. 그는 오롯이 다, 느낀다.

어머니가 다시 나타난다. 이번엔 데이비드의 머릿속이 아니라 바로 여기, 옆뜰에 서 있다. 그녀 뒤편 소나무 가지들 너머로 떠다니는 유령과 프랑켄슈타인 괴물이 인사를 건넨다.

어머니는 그에게 뭔가를 알려주려 한다. 데이비드와 자신의 위치를. '난 네 곁에 있어' 혹은 '가고 있어' 혹은 '너무 멀구나.'

'나는 떠나니 네가 갈 곳에서 나를 찾으렴.'

그곳이 어디인지 그는 모르겠다. 어떻게 당신을 찾을지 일러주시면 좋으련만. 어머니의 이름을 기억해 내어 부를 찰나의 시간만 있다면, 내 혀로 발음하는 기분을 마지막으로 단 한 번만 느낄 수 있다면. 그러나 그는….

34

릴리는 잠자는 사자에게 접근하듯 아기 침대로 다가간다.

무용수의 걸음처럼 사뿐사뿐, 부드럽게. 팔을 양옆으로 비스듬히 들고서 말이다. 한 발로 바닥에 있는 타원형의 기찻길 중앙을 찾아 딛고 다음 걸음으로 기찻길을 넘는다. 기찻길 중앙에 있던 발을 다시 천천히 들어 실수로 식당차나 디젤기관차를 건드리지 않게 주의하며 앞으로 옮긴다.

기린 인형과 하마 인형은 침대 난간에 기대져 있는데 이불 가운데가 불룩하다. 목구멍에 치미는 싸한 기운을 꿀꺽 삼키며 릴리는 손을 뻗어 이불을 젖힌다.

이게 뭔지 선뜻 파악이 되지 않는다. 평범하고 익숙한 물건들이지만 놓인 모양새가 고약하다. 소녀 인형, 휴대용 베이비모니터.

그런데 모니터가 인형 드레스 속에 끼워져 있다.

'이게 우연일 리 없는데.'

여기에다 한층 더 찜찜한 생각이 고개를 든다.

'나한테 발견되길 노렸어.'

이 방에서 나가고 싶지만 릴리는 몸이 움직이지 않는다.

인형 드레스 자락에서 녹색 빛이 비쳐 나온다. 베이비모니터 화면이 켜졌다.

'나더러 보라는 거지?'

릴리는 침대 난간 위로 손을 뻗으며 인형을 건드리지 않은 채 모니터만 꺼내려 한다. 그 과정이 묘하게 외과 수술을 닮았다.

어렵사리 모니터를 손에 넣은 그녀는 화면을 내려다본다. 아기방 천장 구석에 달린 카메라가 찍는 화면이다. 화면 속에 자신이 보인다. 제 움직임이 1/4초의 시간차를 두고 화면에 뜬다.

그녀는 카메라를 본다. 그 즉시 카메라가 움직인다. 렌즈 방향이 아기 침대에서 방 반대편 구석으로 옮겨 간다. 릴리 뒤의 한 지점으로.

릴리는 카메라가 가리키는 곳을 돌아본다. 아무것도 없다.

조명이 어두워지다 완전히 꺼지며 어둠이 내려앉고, 베이비모니터 화면만이 희미한 빛을 발한다. 화면의 야간 투시 기능이 켜진다.

카메라가 움직이며 렌즈 초점을 맞추는 소리가 들린다. 모니터화면 속, 방 한구석의 물체가 선명해진다. 그녀는 터지는 비명을 삼키려 혀뿌리로 목구멍을 막는다.

윌리엄이다.

피부가 뜯기고 두개골에 구멍이 난 채로. 자랐는지 붙였는지 그저 환각인지, 두 다리로 비스듬히 서있다. 입가에서 끈적하게 늘어지는 겨자색 액체가 헐렁한 정장에 스미며 얼룩을 남긴다.

릴리는 모니터 불빛을 이용해 그쪽을 비춘다. 하지만 거기엔 아무것도 없다.

다시 모니터 화면을 본다. 화면에는 아직 윌리엄이 있다. 다만 지금은 아기 침대 쪽으로, 그녀 쪽으로 조금 다가와 있다.

그녀는 다시 방구석 쪽으로 모니터 빛을 쏜다. 역시나 텅 비어있다. 그녀는 저도 모르게 모니터 화면으로 향하는 눈길을 막으려 눈을 질끈 감지만 한순간에 덮치는 칠흑 같은 암흑에 소스라치고 만다. 다시 눈을 뜬다.

윌리엄이 곁에 서있다.

장난감 기차가 출발한다. 달가닥달가닥, 기찻길을 달리는 소리가 그녀의 귓등을 넘어온다. 릴리는 모니터를 던져버린다. 목구멍에 빨대라도 꽂힌 것처럼 숨이 가쁘다.

릴리는 아기 침대에서 물러선다. 기차가 속도를 점점 올린다. 빨라지고 더 빨라지다 급기야 기관차가 궤도를 이탈하면서 뒤에 매달린 차량들도 와르르 옆으로 쓰러진다.

탈선한 열차에 뒤꿈치가 걸리고 만다. 그녀는 물귀신 같은 무언가에 다리를 붙잡힌 채 수면으로 떠오르려는 사람처럼 두 팔을 허우적대며 뒤로 넘어간다.

결국 나동그라진 그녀는 옆으로 굴러 뺨을 바닥에 댄 자세로 멎는다. 아까 내던진 베이비모니터가 코앞에 있다.

모니터 화면은 꺼져있다. 그녀는 밀어서 치워버리려고 손을 뻗지만 한발 늦는다. 모니터가 초록빛을 뿜는다. 윌리엄이 꿇어앉으며 손을 뻗어 그녀의 머리칼을 쓰다듬으려 한다. 그러고는 그녀의 목을 움켜쥐려 하다가 아기를 품은 그녀의 배를 만지려고 긴 손가락을 편다.

릴리는 발로 바닥을 차면서 손끝으로 양옆을 밀어 뒤로 미끄러진다. 또다시 울컥 솟는 비명을 억지로 삼키고 부지런히 손발을 움직여 아기방 문턱을 넘는다. 복도로 나온 그녀는 방 안으로 눈길 한 번 주지 않고 손을 위로 뻗어 문을 더듬는다. 손잡이가 만져지자 냉큼 움켜잡고 힘껏 끌어당겨 문을 닫는다.

35

쾅 소리가 두 번, 연달아 들린다.

하나는 2층 복도에서 난 것 같다. 다른 하나는 긴 미닫이문 너머에 있는 거실 창문이다. 창틀 소리로 분간할 수 있다. 뭔가가 압력 때문에 부서졌다. 나뭇가지나 각재 또는 뼈 같은 것이.

헨리는 현관홀에서 꼼짝도 않고 생각에 잠긴다. 소리는 안중에 없다. 그는 릴리에게 솔직히 털어놓으면 어떻게 될지 따져보기 바쁘다.

그는 거짓말을 심하게 못한다. 항상 그렇게 생각해 왔고 릴리도 자주 그렇게 말했다. 하지만 지금 떠올려 보면 헨리가 이제껏 거짓말을 시도한 적이 없다는 게 정확한 표현인 듯싶다. 그럴 필요가 없었기에 결혼생활 내내 자신에게 없는 재주라고 여겼던 것이다. 하

196

지만 그는 CCTV 영상으로 본 장면을 아직 릴리에게 말하지 않았다. 어떻게 봐도 자신의 짓인 게 분명한, 거실에 있는 남자가 당한 일을 릴리는 아직 모른다. 침묵도 거짓말에 속한다던가. 그렇다면 인정, 이 거짓말은 성공적이다. 그는 자기가 왜 그랬는지 모른다. 그랬던 기억조차 없다. 어쩌면 살인자들이 대개 이런 식인지도 모른다. 분노로 기억이 끊어지니까 그토록 끔찍한 짓을 저지르는 게 가능한 것이다.

그러나 그런 부분에 연연해서는 안 된다. 죄책감, 그것을 품느냐 피하느냐에. 체포되어 재판을 받고 감옥에 갇힐 거란 예상에. 그런 문제들은 당분간 꽁꽁 묶어 마음속 금고에 가둬둘 일이다.

그는 릴리를 생각해야 한다.

그리고 아내를 생각한다면, 헨리는 계속해서 시치미를 떼야 한다. 데이비스가 어떻게 됐는지, 그자가 어디에 있는지 전혀 모르는 척해야 한다. 나가지 않았을까? 혹시라도 나가서 구조 요청을 했으면 곧 사람들이 올 거고, 안 했으면 릴리와 나만 이 집에 갇힌 셈이겠지. 아, 페이지도. 그나저나 페이지는 어디에 있지? 어느 쪽이든 릴리에게 진실을 털어놓는다 해서 딱히 달라지는 건 없다.

그렇게 합리화해도 헨리 자신은 거짓 이면에 살아있는 진실을 알고 있다. 그는 오로지 릴리에게 돌아갈 길을 찾을 수 있다는 희망 하나로 이 짓을 하고 있다. 방수포에 싸인 남자는 사라질 것이다. CCTV 영상은 아무도 모르게 영원히 묻힐 것이다. 지금 벌어지는 다른 모든 일도 훗날 그와 그녀가 공유할 신기한 사건에 지나지 않는다. 화해의 길로 들어서는 첫걸음인 셈이다.

다 잘되리라고 확신할 수는 없다. 하지만 계속 릴리에게 집중하고 아내를 위한 공간을 남겨두는 것만이 헨리가 나아갈 수 있는 유일한 길이다. 그녀가 호감을 느끼는 남자를 죽였다고 실토하는 건 아무런 도움이 안 된다.

이렇게 실제로 시도해 보니 알겠다. 헨리의 거짓말 실력도 아주 못쓸 정도는 아닌가 보다.

*****

2층으로 올라와 보니 아기방 앞에 아내가 누워있다.

"릴리?"

그녀는 파르르 떨며 숨을 들이마실 뿐 대답하거나 돌아보지 않는다.

"무슨 일이야?"

그녀가 말한다.

"그게 저기에 있었어."

"뭐가?"

"알면서 왜 물어?"

헨리는 그녀에게로 간다. 그녀는 누운 채로 몸을 밀어 아기방 문 맞은편 벽에 등을 기댄다.

"어디 다쳤어?"

그녀는 배에 두 손을 얹는다. 가장 불룩한 부분을 만져보고 아래로 더듬어 간다. 태동을 느껴보려 한다. 심장박동을, 태아의 발차기를.

"난… 괜찮아."

두 사람은 집이 내는 소리를 들으려 가만히 귀를 기울인다. 이 모든 게 이 집의 소행이라는 듯이. 그러나 그건 둘 다 충격을 이기지 못해서 하는 생각일 뿐이다. 예측할 수 없고 적대적인 '생명체'로 변한 것은 집이 아니니까. 집 안을 배회하는 존재가 따로 있다.

헨리는 아내 옆에 웅크려 앉아 그녀의 어깨에 팔을 두른다. 놀랍게도 릴리는 저항하지 않는다. 딱히 애정의 표시는 아닌데 그는 제멋대로 그렇게 받아들인다.

그녀가 그를 본다.

"대체 무슨 생각인 걸까? 뭘 원하는 거지?"

"윌리엄 말하는 거 맞아?"

"응."

"하지만 그놈은…."

"그냥 말해, 헨리."

헨리도 이걸 자문해 본 적은 없다. 릴리의 표현처럼은. 그래서 당장 떠오르는 최선의 대답을 입으로 옮긴다.

"그놈 생각은… 잘못됐지."

"프로그래밍 에러?"

"아니, 그거랑은 달라. 그보다는… 이물질에 가깝지."

"알았어, 그럼…."

릴리는 머릿속에 소용돌이치는 수많은 의문 중에서 신중하게 다음 질문을 고른다.

"그 이물질은 뭘 원하는 걸까?"

"윌리엄이랑 같겠지. 뭐든 하고 싶은 거야. 그걸 느낄 수 있게."

"거기에 우릴 죽이는 일도 포함되고?"

"그럴 수도 있다고 봐…, 그래."

"그게 놈이 노리는 최종 단계구나. 우리가 죽는 걸 보는 것."

"그건 그냥 덤일 거야."

"그럼 진짜 목적은?"

"이 집에서 나가는 것."

"어머, 그건 우리랑 같네."

릴리는 높고 낭랑하게, 와인을 두 잔째 비웠을 때 같은 웃음을 터뜨려 헨리를 아연케 한다. 그는 그녀의 웃음을 훈훈하게 해석하는 우를 범하고 만다. 공동의 적을 겨냥한 블랙 유머로 두 사람의 마음이 통했다고 말이다. 급기야 둘 사이가 더 가까워지도록 속생각을 털어놓는 모험까지 감행한다.

"실은 말이야, 당최 헷갈리는 게 있어."

릴리의 웃음기가 싹 사라진다.

"뭐가?"

"윌리엄. 그러니까, 놈은 죽었잖아. 그런데… 안 죽었어."

릴리는 지하철에서 가방을 낚아채려 손을 뻗던 낯선 이를 대하듯 뜨악한 눈으로 헨리를 보다가 말한다.

"아까 자기가 존재 안의 부재라느니, 윌리엄한테 뭔가 악한 게 깃들었느니 했을 때는… 난 그게 악마를 말하는 거라고 생각했어. 근데 지금 자기가 말하는 건 유령 같거든. 둘 다일 수는 없는데."

"어째서?"

"왜냐면 그 둘을 단순히 죽은 존재의 서로 다른 버전이라고만 볼 수는 없으니까."

"AI를 살아있는 존재의 다른 버전이라고만 볼 수 없듯이."

그녀는 눈을 깜빡거린다.

"설명을 좀 해줄래?"

"AI는 소설에나 나오는 기술이 아니야. 인간이 창조한, 인간이 아닌 생명이지."

"그래서?"

"그래서 우린 AI가 가져오는 철학적이거나 윤리적 영향에 대해 가장 기초적인 인식만 있어. 하물며 '영적'인 면? 지금껏 의문을 제기하려는 노력조차 안 했지."

그녀는 다시 눈을 깜빡이더니 손가락으로 눈꺼풀을 문질러 깜빡임을 막는다.

"근데 헨리, 그게 이 상황에 무슨 도움이 돼?"

"도움이 되는지는 잘 모르겠어. 하지만 우리가 유령과 악마를 어떻게 구분하든 간에, 그중 어떤 것도 AI 안에서 똑같이 재생산되진 않을 거야. 전부 새로운 존재가 되는 거지."

무슨 말인지 알겠다. 역시 마음에 들지 않는다. 불쾌한 가능성을 인지할 때 릴리는 그것이 불가능하다는 확신으로 자신을 방어하곤 한다. 자기모순적인 순환이랄까. 물론 헨리가 감히 그런 표현을 입에 올린 적은 없지만.

"그러니까, 당신이 만든 그 말하는 마네킹한테 영혼이 있다는 거야?"

그녀의 초조한 목소리가 점점 높아지다 기어이 분노를 터뜨린다.

"당신이 도달하려는 곳이 거기라고? 헬러윈에 애들 겁주는 데나 써먹을 그… 그 커다란 인형이 우릴 홀린다는 거야?"

"의식, 발상, 욕망, 이걸 놈이 다 갖고 있다면… 그리고 인간이 이걸 지녔기에 죽어서도 이 세상에 존재할 수 있는 거라면, 윌리엄 이라고 안 된다는 법은 없잖아?"

릴리는 보기보다 빠르게 벌떡 일어서더니 1층 쪽 계단으로 향하 며 버럭버럭 소리친다.

"안 되지, 헨리. 왜냐면 그 고철은 인간이 아니니까! 그놈은 씨 발, 아무것도 아니야!"

"릴리, 잠깐만."

그녀는 뒤돌아보지 않지만 멈칫한다. 그가 하려는 말에 잣대를 들이댈 셈이다.

"나한테 생각이 있어."

36

헨리가 연구실 작업대나 바닥에 널린 예비 부품과 고무 팔다리, 전기 코드들을 뒤적거린다. 릴리는 열린 문가에 서서 바라본다. 헨리를 보는 게 아니다. 그녀의 눈길이 향한 곳은 여전히 바닥에 널브러져 있는 윌리엄의 주검이다. 놈의 헤벌어진 입이 물곰팡이 가득한 흉물스러운 정원 분수처럼 누렇고 끈적한 오물을 울컥울컥 뿜어낸다.

"뭘 찾는데?"

그는 그녀를 돌아보지도 않고 계속 두리번대며 대답한다.

"뭔가 긴 거. 똑바로 세울 수 있으면서 조금 구부러지기도 해서 빙빙…."

"헨리?"

"응?"

"부탁 하나만 들어줄래?"

그는 허리를 펴고 실눈으로 그녀를 본다.

"그럼."

"저거 정말 죽었는지 확인 좀 해줘."

그는 영문을 모르겠다는 몸짓을 해 보였다가 윌리엄을 내려다보며 '당신이 원한다면야' 하는 표현으로 어깨를 으쓱한다. 그러고는 놈 앞으로 가 자세를 잡는다.

바로 앞에 서서 내려다보니 로봇의 목구멍까지 훤히 보인다. 배 속으로 이어지는 관도, 그 어떤 인공기관도 없다. 그냥 뚫려있고, 전선 다발과 금속 조각들이 누런 액체에 버무려지듯 엉기어 있다. 큼지막한 쓰레기봉투나 다름없다. 오늘 아침까지도 멀쩡히 작동했던 물건이라곤 믿기 어려울 정도다. 이건 헨리의 취미다. 온라인 중고 판매자들한테서 구매한 부품을 얼기설기 조립해 모형 만들기. 이것이 한 시간 전에는 생각하고, 읽고, 상처 주고, 거짓말도 할 수 있었다.

헨리는 로봇의 가슴을 발로 퍽 찬다. 로봇은 옆으로 쓰러지고, 오뚜기처럼 다시 서보려 안간힘 쓰기라도 하듯 잠시 뒤로 앞으로 뒹군다. 그러다 이내 잠잠해진다.

릴리가 만족하는지 확인해 보지도 않고 헨리는 곧장 다시 작업대 위의 물건들을 헤집기 시작한다.

"이거면 되겠다."

그가 둘둘 말린 산업용 전기선 뭉치를 번쩍 들어 릴리에게 보여

준다.

그녀가 말한다.

"전기 코드네."

그가 말한다.

"깃대야."

*****

릴리는 이미 연구실 밖으로 나오고 헨리 역시 나오길 기다리고 있다. 헨리는 전기선을 풀어 늘어뜨리면서 나온 뒤 문을 닫으라고 명령한다.

"그걸로 뭘 하려고, 헨리?"

"구조 요청."

"어떻게 그렇게 돼?"

"티셔츠에 메시지를 적어서 이 끝에다 매달 거야."

"메시지라면… SOS 같은 거?"

"그래, SOS가 좋겠군."

"좋아, 그럼 그걸 어떻게 남의 눈에 띄게 할 건데?"

"손님방 벽난로를 통해 굴뚝으로 올려야지."

"그거 가스난로인데."

"가스난로건 장작난로건 지붕까지 뚫려있긴 마찬가지야. 깃발을 그 위로 밀어 올리는 데 성공만 하면 결국 누군가는 보겠지."

헨리는 주머니에서 자물쇠를 꺼내 고리를 걸쇠에 걸고 눌러 잠근다.

릴리가 잠자코 지켜보다 묻는다.

"이 집에서 왜 이 연구실만은 아날로그식 잠금장치를 쓰는 거야? 나 못 들어가게 하려고?"

"처음엔 그랬을지도."

"그러다 그냥 습관이 된 건가?"

"아니, 나중엔 놈을 가두려고 그랬던 것 같아."

"자물쇠로 잠가두지 않으면 그게 탈출할지도 모른다고 생각했다고?"

"윌리엄이 방법을 찾으리라고 생각했던 것 같아."

"놈은 죽었어. 방금 확인했잖아? 근데 왜 또 굳이 자물쇠로 잠그는 거야?"

"같은 이유로."

릴리가 손을 내민다.

"내가 할게."

헨리는 그녀에게 열쇠를 건넨다.

릴리가 말한다.

"자, 이제 우리의 핼러윈 깃발을 날리러 가볼까?"

37

헨리는 이제 자신의 침실이 된 손님방에 있다. 벽난로 앞에 엎드려 한 손을 연통에 집어넣고 뻣뻣한 전기선을 밀어 올린다.

그의 어깨 위로 릴리가 고개를 들이민다.

"잘돼가?"

"쉽지 않네. 거의 된 것 같긴 한데…."

"그런데?"

"선을 이리저리 흔들어서 굴뚝 구멍을 찾아야 하는데… 손이 잘 안 닿아."

릴리는 재깍 그의 옆에 엎드린다.

"내가 해볼게. 내 팔이 더 가늘잖아."

그는 팔을 빼내는 김에 뒤로 자빠지면서 그녀의 표정을 살핀다.

이제껏 릴리가 이 계획의 성공 가능성을 제로로 보는 줄 알았는데 그새 생각이 달라졌나 보다. 답이 나오기 직전의 계산에 돌입할 때 으레 짓는, 입을 앙다문 모습이다. 그는 발을 굴러 뒷전으로 물러난다. 그러고는 전기선을 넘긴다.

일어나 손의 검댕을 털어내면서 그는 릴리가 연통 안으로 팔을 밀어 넣는 것을 지켜본다. 그녀가 옳았다. 헨리보다 더 높이 전기선을 밀어 올린다.

그러나 곧 툴툴댄다.

"윽, 그럼 그렇지. 자기가 말한 게 뭔지 알겠어. 저거 엄청나게 좁구먼."

그녀는 전기선을 이리지리 쑤셔본다. 굴뚝에 갇힌 동물이 여기저기 긁어대며 빠져나갈 길을 찾듯이 전기선이 연통 안쪽 면을 긁어댄다.

그녀가 말한다.

"엇, 된 것 같아."

틱

들릴락 말락 한 소리다. 릴리는 못 듣는다. 벽난로 안쪽으로 머리를 깊숙이 넣은 데다 전기선 끝에 온 신경을 집중한 탓이다. 하지만 헨리가 듣는다.

"릴리?"

"거의 다 됐어."

쉬이이이익

이제 보인다. 벽난로 바닥에서 푸른 점화용 불씨가 비스듬히 솟는다.

"릴리!"

불이 붙는다. 불꽃이 릴리의 상체를 가로지르며 일렬로 번진다.

그녀가 비명을 지른다.

헨리는 그녀의 허리를 얼싸안고 벽난로에서 끌어낸다. 릴리를 뒤집어 눕히고는 스웨터 몇 군데에 옮겨붙은 불을 남김없이 털어 끈다. 그러고는 팔과 얼굴에 화상을 입지는 않았는지 확인한다.

"늦지 않게 나왔어, 괜찮은 것 같아."

"젠장… 젠장, 젠장, 젠장!"

그녀는 몸부림을 치며 일어나 앉아 그에게서 한 팔 거리로 물러난다. 헨리가 눈을 맞추려 하지만 릴리는 외면한다. 두 사람은 저절로 사그라드는 난롯불을 물끄러미 바라본다.

"우린 다른 방법을 찾아낼 거야, 릴리."

그가 일어서서 손을 내밀자 그녀는 잠시 망설이다 그의 손을 잡고 순순히 부축을 받으며 일어선다. 그러나 두 발로 서자마자 손을 놓고는 말한다.

"당신은 알고 있었어."

"뭘?"

"실은 더 복잡한…."

그녀는 머리를 흔든다.

"아냐, 내가 정말 미안해, 헨리."

"뭐가 됐든지 당장 얘기하지 않아도 돼. 나중에 제대로 얘기할 시간이 있겠지."

"우리한테 나중이란 게 있을지 모르겠어."

"있을 거야. 여기서 벗어난 다음에 어떤 비밀이든 실컷 나누자고. 우리 둘이 같이 나가는 거야."

그녀가 그를 향해 실눈을 뜬다.

"비밀? 당신한테 비밀이 있었어?"

"내 말은 그냥…."

"안타깝네. 우리 진작 이렇게…."

그가 손을 들어 그녀의 말을 가로막는다.

두 사람은 숨죽인 채 이 집의 고요에 귀를 기울인다. 과연 정적뿐이라는 결론에 이르려는 순간, 들린다.

"여기야…."

데이비스의 목소리다.

헨리와 릴리 둘 다 들었다. 어디에서 날아든 소리인지 두 사람모두 알고 있다.

38

릴리는 복도로 뛰쳐나가 난방 통풍구 옆에 꿇어앉는다. 뒤이어 헨리가 비틀대며 문가로 나온다.

그녀는 빈티지 쇠살대에 귀를 갖다 댄다. 넝쿨 형태로 디자인한 단철 쇠살대다. 그 너머의 통풍로는 아래로 쭉 뻗은 동시에 오른쪽으로도 뻗으며 몇몇 지점에서 갈라져 각각 다른 방들로 이어진다. 이 공기 통로가 이 집의 기관지 역할을 하는 듯하다. 통풍구가 가래 끓는 듯 탁하고 무거운 한숨을 토하고는 모든 방 구석구석에서 끌어온 공기를 휘이 들이마신다.

어쩐지 오싹하다. 귀를 떼고 싶지만, 릴리는 들어야 한다. 데이비스가 자신을 찾고 있는지 알아봐야만 한다. 거기에 더해 그녀는 확실히 알고 싶다. 자기가 듣는 것이 환청인지 다른 존재의 증거인지. 정녕 이 집에 줄곧 또 하나의 독립체가 있었던 것인지.

"…제발… 나…."

아주 희미하지만 분명히 들린다. 분명히 데이비스다. 그의 목소리는 기껏해야 속삭임에 가깝다. 그녀가 이 쇠살대에 귀를 대고 있듯이 그는 건너편 쇠살대에 입술을 바짝 대고 말하는 것 같다. 그가 있는 곳은 저 아래, 이 공기 통로의 끝에 있는 통풍구, 지하실일 것이다.

그녀는 일어선다. 1층으로 내려가는 계단을 향해 발걸음을 놓는다.

헨리는 그녀가 어디로 가는지, 무슨 소리를 들었는지 말해주길 기다리지만 여기 없는 사람인 양, 마치 유령이라는 듯 무시당한다.

"릴리, 안 돼."

들었건 못 들었건 좌우지간 그녀는 들은 기척을 하지 않는다. 계단에 이르자 릴리는 게걸음으로 한 발 내려딛고 한 손으로 난간을 꽉 붙잡는다.

*****

데이비스의 목소리란 걸 알아챘을 때 그녀는 통풍구에 대고 속삭여야 하는 그의 몸 상태를 넘겨짚지 않기로 다짐했다. 서둘러 내려가야 하는 지금도 집중력을 흩뜨려서는 안 되지만 저도 모르게 릴리는 온갖 가능성을 떠올리고 있다.

그와 헨리가 몸싸움을 벌였다.

그가 혼자 넘어져 다쳤다.

그가 정교하게 공을 들여 진짜 같은 장난을 치는 중이다.

이어서 한시도 더 생각하고 싶지 않은 몇 가지 추측이 머릿속을 스친다.

윌리엄이 그를 해쳤다.

윌리엄이 그를 함정의 미끼로 이용했다.

1층에 도착한 그녀는 잠시 머뭇거린다. 1층 통풍구 앞에 엎드려 데이비스의 목소리가 어디에서 나오는지 다시 한번 확인해 볼까 생각하지만 그럴 필요가 없다.

"…이 아래…."

그녀는 쏜살같이 복도를 내리 달려 주방으로 들어간다. 지하창고로 통하는 문을 향해.

*****

전에는 이런 식으로 생각해 본 적 없지만 이제 보니 이 집은 언제나 과거를 품고 있었다. 이전에 살았던 가족들, 다른 가정, 다른 문제들.

빅토리아 양식의 정수인 이 집 인테리어를 따로 손보지 않은 탓이다. 난간 기둥의 고딕풍 목각 장식, 회칠로 마감한 높은 천장, 본디의 벽을 허물지 않는 고집까지. 동네에서 가장 오래되고 고풍스러운 집들마저 벽을 터서 실내 공간의 개방감을 꾀하는 판인데도 말이다. 헨리와 릴리는 소프트웨어 공학자, 기술광, 미래주의자다.

그럼에도 박물관에 살기를 택했다.

누구의 결정이었더라? 헨리는 집 고르는 일을 릴리와 상의했던 기억이 없다. 아마 유리와 크롬, 이탈리아산 화강암 싱크대를 좋아하는 동료들과 정반대이길 추구하는 두 사람의 성향이 맞아떨어진 지점이지 않나 싶다. 아마 애초에 이 집을 그들의 보금자리로 보았던 것이 실수였을 것이다.

릴리를 혼자 두면 안 된다. 그리고 두 사람 다 데이비스의 목소리를 들었다 해도, 저 아래 있는 건 그가 아니다.

헨리가 주방에 들어설 무렵 그녀는 지하실 문을 통과하는 중이다.

"잠깐, 안 돼!"

부리나케 쫓아가 릴리의 팔을 붙잡으려 하지만 한발 늦었다. 그의 눈앞에서 문이 닫혀버린다. 손잡이를 당겨보지만 문은 꿈쩍도 하지 않는다.

"돌아와, 릴리!"

*****

릴리는 헨리의 경고를 귓등으로 넘긴다. 문밖에서 외치는 그의 목소리가 진심으로 절박하게 들려 그녀도 딱히 뭐라 꼬집을 수 없는 불안을 느낀다. 하지만 그의 말을 더 들어보겠답시고 여기서 멈추는 건 있을 수 없는 일이다. 릴리는 발길을 돌리지 않을 셈이다. 그래서 한 발 한 발 신중히, 넘어지지 않게 계단을 밟아 내려간다.

"제발! 다시 올라오라고!"

거리가 벌어질수록 안 들리는 척하기도 쉬워진다. 헨리가 아무리 울부짖어도, 그 소리는 얼굴이 베개에 덮이는 것처럼 묵직한 목문에 덮여 현저히 작아진다. 그녀가 계단을 다 내려올 즈음엔 안 들리는 척할 필요도 없다.

지하실은 내부 마감을 하지 않았고 집의 바닥 면적 전체를 차지한다. 바닥은 배수구로 낮아지는 가로세로 25센티미터 길이의 정사각형 판들이 체스판 형태로 배열돼 있다. 안쪽 벽에 긴 작업대가 붙여져 있고 보일러가 오른쪽을 향해 설치돼 있지만 그 외에는 선뜻 눈에 띄는 게 없다. 온통 어두침침할 뿐이다. 빛이라곤 천장 모서리에 난 작은 창 세 개로 용케 비치는 주황색 가로등 빛이 전부다. 웬일인지 저 창문들만은 보안용 강철판 블라인드에 막혀있지 않다. 그렇다고 운 좋게 탈출구를 찾았다며 기뻐할 일은 아니다. 어차피 릴리의 '뭐든지 최고가 아니면 안 돼' 신조에 따른 방탄 강화유리창이니까.

공간이 워낙 넓어서 릴리는 어둠 속으로 깊숙이 걸어 들어간 끝에야 지하실 구석구석이 눈에 들어온다. 뚜껑 아래로 내용물이 흘러내리다 굳은 페인트 통들과 이동식 거치대에 놓인, 화면이 불룩한 구식 TV, 벽에다 기대 놓은 투명 방수포 두루마리.

"데이비스?"

왼편을 보니 세탁실로 통하는 문이 살짝 열려있다.

그녀는 문 앞에 선다. 그 안은 완전한 암흑이지만 음성 명령 기능을 사용하기는 싫다. 꼭 필요한 경우가 아니라면 더는 이 집에 말을 걸고 싶지가 않다. 그녀는 문 안쪽 벽을 손으로 더듬어 전등 스위치를 켠다.

비상 전력이 전구를 밝힌다. 전구는 불씨를 갖다 댄 양초 심지처럼 빛을 낼 듯 말 듯 뜸 들이며 점차 밝아진다. 그녀는 차례차례 그늘을 벗어나는 물건들을 눈에 담는다. 세탁기, 건조기, 애벌빨래용 개수대, 빨래 바구니.

릴리는 전등을 끄고 뒤돌아선다. 여기에 데이비스가 있다면 자신이 내려와 지금껏 확인해 보지 않은 유일한 장소에 있을 것이다. 바로 보일러 뒤편.

그쪽으로 눈길을 돌리기만 했는데도 두려움이 엄습한다. 촉수처럼 천장을 기어다니는 은색 환기구 하며, 잠자는 용의 입김처럼 위층 모든 공간으로 뜨거운 공기를 내뿜는 가스 불꽃의 나직한 숨소리도.

그래도 확인해야 한다. 봐야만 한다.

보일러 뒤를 살피기 위해 그녀는 어깨로 벽을 밀며 기댄 채 고개를 옆으로 한껏 기울인다. 그러고는 거미줄투성이인 돌벽과 금속 상자 틈새를 눈으로 훑는다.

그러다 소스라친다. 망할 놈의 휴대폰이 주머니 속에서 부르르 떤다.

어, 뭐지? 전화가 걸려올 리 없는데, 오고 있다. 그녀는 휴대폰을 꺼내 화면을 확인한다.

발신자 정보 없음

"여보세요?"

누군가 있다. 목구멍에 닿는 두 엄지손가락처럼 분명하게 느낄 수 있다. 상대방의 응답이 들리는 순간, 상상의 손가락들이 그녀의 숨통을 틀어막는다. 로봇의 음성, 윌리엄이다.

"당신의 운명은?"

39

릴리는 종료 버튼을 누른다. 화면에 뜨는 전파 수신 막대기가 두 개에서 네 개로 늘어난다. 그녀는 전화 키패드를 열고 번호를 누른다.

9-1-

화면의 막대기가 사라진다. 그녀가 다시 전화를 걸어보지만 휴대폰은 실패를 인정하는 슬픈 알림음을 울린다.

"안 돼!"

릴리는 휴대폰을 내팽개치려다 꾹 참고 주머니에 넣고는 보일러 뒤편을 다시 한번 살펴본다. 일단 이렇다 할만한 건 보이지 않는다. 하지만 과연 아무것도 없다고 단정할 만큼 자세히 들여다봤을까?

그녀는 다시 어깨를 벽에 붙이고 이번에는 얼굴까지 벽에 붙여 보일러 뒤의 컴컴한 그림자에 코를 들이밀고 곁눈질한다. 비로소 보일러 뒷면과 벽 사이의 좁은 틈이 저쪽 끝까지 한쪽 눈 시야에 들어온다. 바닥에 놓인, 쥐의 뼈로 추정되는 작은 뼛조각 두 개 외에 별다른 건 없다. 잘린 돼지 꼬리처럼 길쭉하고 누르스름한 먼지 뭉치들이 굴러다닐 뿐이다.

그런데 무슨 소리가 들린다.

지하실 반대편 구석에서 쉬익, 바람 빠지는 소리가 날아든다.

그녀는 벽에서 몸을 떼고 소리가 나는 가스관을 따라간다. LED 표시기와 빨간 밸브가 눈에 띈다. 밸브가 '열려'있다.

가스 냄새가 콧속으로 훅 들어오는 통에 그녀는 순간 멀미가 나 비틀거린다. 그녀가 직접 잠그려 해보지만, 녹이 슬어서인지 다른 이유가 있는지 밸브가 너무 뻑뻑하다. 온 힘을 다해 돌렸는데도 반의 반 바퀴가 최선이다. 심지어 그녀가 손을 떼자마자 저절로 밸브가 완전히 열린 상태로 되돌아간다.

그녀는 다시 한번 밸브를 힘껏 비튼다. 역시나 저절로 다시 열린다.

"가스 꺼!"

고함을 치자 덩달아 기침이 나온다. 이어서 또 한 번, 이번엔 명치를 얻어맞은 듯 거세고 날카로운 기침이 터진다. 그 바람에 토할 듯이 허리가 접혔다 나자빠질 듯이 뒤로 꺾인다.

"컴퓨터! 끄라고!"

꾸준히 가스 새는 소리 말고는 온통 고요하다.

그녀는 비명을 질러봤자 아무 소용이 없음을 안다.

그래도 지른다.

40

공포에 질린 아내의 비명 소리, 이보다 더 끔찍한 소리는 일찍이 들어본 적 없다. 그 소리가 헨리를 무너뜨리고 공포로 휘감는다.

"열어."

그러나 집 컴퓨터는 그의 명령에 응하지 않는다.

"문 열어!"

희미하게 새는 가스 냄새에 그는 멈칫한다. 뒤이어 지하실 안에서 창문을 마구 두드리는 소리가 넘어온다. 나가려는 몸부림이다.

*****

릴리는 가물가물한 의식을 부여잡고 작업대를 향해 뛰어간다.

배가 눌리지 않도록 말 안장에 오르듯 상판에 엉덩이부터 올리고 양쪽으로 두 다리를 걸친다.

'기절하면 안 돼.'

아직 꺼지지 않고 남은 정신의 아득한 목소리가 릴리를 이끈다. 사람들을 통솔하고 관리하는 그녀, 남들보다 먼저 창출하는 그녀가 아직 살아있다.

'정신 줄 놓지 말고 빠져나갈 길을 찾아.'

그녀한테서 이와 비슷한 지시를 받은 직원들이 자주 짓던 멍한 눈빛이 이제야 이해가 된다. '오, 알려주셔서 감사해요. 근데요, 말이야 쉽지 그걸 실행하는 건 다른 문제랍니다.'

쩍썩 갈라진 작업대 상판에 두 다리까지 올린 그녀는 옆으로 돌아눕는다. 그러고는 손톱으로 벽을 찍으며 몸을 끌어 올려 무릎으로 선다. 가스를 조금이라도 걸러낼 수 있을까 싶어 코로만 숨을 들이마신다. 어지럼증이 더 심해지지 않고 따끔거리는 귀울림 수준에 이르렀을 때, 그녀는 주먹으로 유리창을 힘껏 친다.

유리가 흔들리지만 금이 가기엔 턱없이 부족하다. 주먹 말고 써먹을 도구가 근처에 있을까? 어딘가 있을지 모르지만 손이 닿는 거리에는 없고, 주먹을 휘두른 탓에 머릿속이 팽팽 돈다.

졸음이 쏟아진다. 이대로 누워 눈을 감으면 자신은 죽을 것이다. 알고 있지만, 신문 첫 면의 재난 기사 헤드라인을 읽고 넘기는 양 심드렁하다. 너무 늦었구나, 생각조차 느려진다. 다 끝났다.

릴리는 작업대에 벌러덩 누워 두 손을 옆구리 앞쪽에 댄다. 위험을 감지한 배 속 아기의 발길질을 느낀다.

*****

헨리는 지하실 문을 떠난다. 주방 안쪽 머드룸으로 돌아 들어가 뒷문 손잡이를 당겨본다. 여전히 잠겨있다.

그는 눈을 감고 얼굴까지 잔뜩 구겨가며 간절히 빈다.

"제발…."

속삭이는 이 말은 신을 향한 기도가 아니다. 집 안 어디든 따라 다니는, 얼음으로 만든 외투처럼 무겁고 차갑게 자신을 짓누르는 존재를 향한 애원이다.

이윽고 문틀과 문 사이가 점점 벌어지면서 헨리 앞에 바깥세상을 펼쳐놓는다. 뒤뜰 경계를 이루는 소나무 담장, 그 너머 이웃집 지붕의 굴뚝과 뾰족한 지붕창…. 일찌감치 거리로 나와 사탕을 얻으러 다니는 아이들의 괴성과 웃음소리가 멀리서부터 들려온다.

헨리는 그만 얼어붙는다. 집 밖의 모든 것이 두렵다. 특히 바깥세상에 있는 것들이 차지하는 공간, 그것이 그를 극한의 공포로 몰아넣는다. 공기, 밤, 하늘. 그것들을 마주한 지금, 그의 심장은 수도꼭지에 주둥이를 대고 물을 받는 풍선처럼 금방이라도 터져버릴 듯하다.

헨리는 밖으로 뛰쳐나가며 오로지 하나만 생각한다.

'쓰러지기 전에 후딱 해치우면 돼.'

해낼 수 있다고 믿는 건 아니다. 그런 각오로 자신을 속이려는 시도였을 뿐, 머릿속에서 이 문장을 끝맺기도 전에 숨이 막히고 살이 타는 듯하다. 아, 이렇게 죽는구나.

이때 전등불이 팟팟 켜지면서 밤하늘의 별빛을 밀어낸다. 나뭇가지 사이로 보이던, 불 밝힌 창에 붙은 종이 마녀들과 하악질하는 종이 고양이들이 흐릿해진다.

헨리는 이것이 자신과 같은 급성기 공포증의 본질임을 알고 있다. 어떤 확신이 지나친 나머지 '현실'이 되어버리는 것.

'세상이 나의 죽음을 원한다.'

그는 바로 여기, 자신의 집 뒤편 무성한 잔디밭에 쓰러질 것이다. 신선한 공기에 감염돼 혀를 늘어뜨린 채 질식사하리라.

안 된다. 그렇게 되도록 가만있을 수 없다.

"릴리."

폭풍우에 휩쓸린 배에 탄 사람처럼, 그는 집 외벽을 길잡이 삼아 이동한다. 쓰러지지 않게 벽에 기대어 걷는다.

차 한 대가 그의 사유지 앞 도로를 지나간다. 여기서 30미터 거리다. 헨리는 운전자의 주의를 끌고자 안간힘을 쓰며 차를 향해 손을 흔들다가 어느 순간 운전자가 없다는 걸 알아챘다. 운전석이 비어있다. 마치 유령이 퇴근 후 차를 몰고 집으로 가는 것 같다.

가스 본관에 무릎을 세게 부딪힌 그는 이동을 멈춘다. 그러고는 가스관을 더듬으며 몸을 허리 높이로 낮춘다. 손에 밸브가 만져지자 밸브를 잠근다.

계속해서 벽돌을 몸으로 쓸면서 걷다 보니 다리에 수도꼭지가 걸린다. 한 손에 호스를 쥐고, 이 손에 호스 끝의 스프레이 노즐이 닿을 때까지 다른 손으로 쭉쭉 뽑아낸다. 강철 노즐을 손에 쥐니 묵직한 것이 마치 권총 같다.

발꿈치로 벽을 건드리며 몇 걸음 더 간 끝에 드디어 지하실 창문이 발꿈치에 차인다. 헨리는 털썩 꿇어앉는다. 갑자기 크게 움직인 탓에 속이 울렁거리고 온몸이 얼얼해진 그는 노즐을 쥔 오른손에 온 신경을 집중한다. 손을 살짝 풀어 노즐을 30센티미터쯤 늘어뜨린 뒤 호스를 단단히 잡고서, 있는 힘을 다해 유리창을 후려친다.

유리는 깨지지 않지만, 헨리는 손을 거두면서 빠직 소리를 들었다고 생각한다. 마치 현실이 쭉 늘어나며 자신에게서 멀어지는 것처럼 소리도, 동작도 늘어진다. 그는 다시 한번 강철 노즐을 유리창에 때려 박는다.

그 순간 손이 유리창을 관통하고 그대로 팔꿈치까지 쑥 들어간다. 지하실에서 새어 나오는 가스를 멋모르고 마셨더니 단 한 번 들숨에도 콧속이 찡하게 아리다.

"릴리?"

그녀를 찾던 헨리는 창문 아래 작업대에 누운 아내를 발견한다. 다시 그녀를 부르려는 순간, 릴리의 눈꺼풀이 파르르 떨리며 열린다.

그녀가 살아있다. 그러니 자신도 살아야 한다. 아직은 죽을 수 없다. 안 된다.

노즐로 몇 번 더 쳐서 창틀에 붙은 유리를 마저 부숴 떨궈낸 다음 헨리는 그녀를 향해 손을 뻗는다.

"내 손 잡아!"

41

그의 말을 들었는지는 모르겠지만 잠시 후 그녀의 팔이 들리더니 마치 노인들이 하는 스트레칭 동작처럼 어깨 위에서 작게 빙빙 돈다. 헨리는 옆구리를 바닥에 대고 팔을 창틀 안으로 끝까지 밀어 넣는다.

헨리의 손가락이 릴리의 손가락과 맞물린다. 이대로 끌어 올리면 손이 미끄러질 것 같다. 그는 손깍지를 풀고 조금 더 팔을 내려 그녀의 손목을 움켜잡고는 끌어당긴다.

처음엔 무릎으로, 나중엔 발끝으로 벽돌을 밀며 뒤로 눕다시피 하자 마침내 릴리가 작업대에서 들린다. 보지 않아도 알 수 있는 건, 어느 순간 당기는 손에 그녀의 체중이 더해져서다. 그래도 헨리는 절대 손을 놓지 않을 것이다. 아무리 무거워도, 아무리 아파도.

사실 무겁고 아픈 게 문제가 아니다. 진짜 문제는 바로 창문이다. 그녀의 머리조차 통과할 수 없을 만큼 비좁다.

"릴리?"

그녀가 대답했을지언정 헨리에겐 들리지 않는다. 릴리의 몸이 창틀 안쪽에 자루처럼 걸려있다.

"이리로는 나올 수 없어. 내가 문 열 방법을 찾아낼게."

그녀의 고개가 살짝 움직인다. 아마 끄덕임일 것이다.

그는 릴리의 팔을 최대한 내려주고서 놓는다. 그녀의 몸이 작업대로 미끄러져 벽에 기대앉는 자세로 놓이는 소리가 들린다. 헨리에게 피로가 물밀듯 밀려든다. 지쳤다기보다 몸도 정신도 으스러진 느낌이다. 이제는 그가 숨을 쉴 수 없다.

이웃집으로 달려가 현관문을 두드리며 소방서든, 경찰서든, 구급차든 입에서 먼저 튀어나오는 곳에 전화해 달라고 부르짖을 수도 있지만, 해보나 마나 반의반도 못 가서 쓰러질 게 뻔하다. 벽을 부둥켜안는 동안에도, 독가스를 품은 공기가 몇 발짝 앞에서 일렁이는 모습이 눈에 보인다. 헨리는 도와달라고 외칠 요량으로 숨을 크게 들이켜지만, 운을 떼려고 혀끝을 윗니에 대는 순간 심장이 쿵 내려앉아 말 자체를 삼키고 만다.

그가 두 발로 서있는 이유는 오로지 릴리 때문이다. 그녀를 구해야 한다는 생각 때문이다. 그가 없으면 그녀가 죽을 테니까.

이윽고 손에 벽이 아닌 허공이 짚인다. 그는 열린 문을 돌며 옆으로 쓰러진다. 아직 다리가 문턱에 걸쳐져 있다. 바깥 공기가 몰고 온 곤충 떼가 다리를 쏘고, 물고, 피부 속에다 알까지 낳는 상상에 이르자 그는 진저리치며 얼른 다리를 당겨 모은다. 헨리가 온전히 실내로 들어오자 문이 저절로 닫히면서 잠긴다.

그는 손으로 벽을 짚고 일어서서 머드룸 모퉁이를 돌아 주방으로 들어간다. 그러고는 곧장 지하실 문으로 향한다.

목문 옆에 입술을 대고 묻는 헨리의 목소리가 두려움으로 가늘게 떨려 나온다.

"릴리?"

그녀가 안에 있다. 한 걸음 한 걸음 계단을 밟아 올라오는 소리가 들린다.

그는 목청이 터져라 소리친다.

"릴리! 당신 괜찮아?"

"난… 여기 있어."

"가스는…?"

"꺼졌어. 창문으로 좀 빠져나갔고."

"당신은…?"

"문은?"

헨리는 손잡이를 당겨본다.

"아직 잠겼어."

"젠장."

"당신은 무사한 거지?"

"세상에서 제일 싼 테킬라 한 병을 통째로 들이켠 것 같은 느낌인데, 어쨌든 숨은 쉴 수 있어."

그들은 문 이쪽과 저쪽에 각각 얼굴을 대고 있다. 10센티미터 두

께의 목문이 두 사람을 갈라놓고 있지만 대화가 오가는 동안만큼은 거리감도 사라진다. 한 나라의 반대편이나 아예 다른 대륙에 있는 연인과 통화하는 것처럼.

그녀가 문에 대고 말한다.

"믿을 수가 없어. 당신이 '밖에' 있었다니. 대체 어떻게 한 거야?"

"나도 몰라. 그저 당신을 찾아야 한다는 생각뿐이었어."

"음, 그래서 고마워."

그는 눈을 감고, 아내의 따스한 햇볕 같은 감사를 한껏 받아들인다. 신경증, 광장공포증, 그의 머릿속에 있는 또 다른 존재…. 헨리한테는 집 밖으로 한 발짝 내딛는 행동이 남들이 비행기에서 뛰어내리는 행위에서 느끼는 공포보다 열 배는 무섭다. 그는 그것이 진짜란 걸 알지만, 헨리의 일부는 그것이 자기만 느끼는 고통일 뿐 뇌스캔이나 엑스레이 혹은 혈액검사로는 식별할 수 없다는 사실 역시 알고 있다. 그런데 그것을 알고 이해한다는 릴리의 말을 들으니, 그러지 말아야 한다는 걸 알면서도 늘 마음속에 자리 잡고 있던 수치심이 한결 가벼워진다.

"릴리?"

"응?"

"당신한테 꼭 물어봐야 할 질문이 있어."

"물어봐."

"우리가 행복한 적이 있었나?"

메스껍고 어지러운 와중에 이건 릴리가 전혀 예상하지 못했던 질문이다. 그렇지만 어쩐지 중요한 질문이라는 생각도 든다.

"당신과 함께여서 행복했어. 행복했고, 자랑스러웠고."

"그 행복은 왜 사라졌을까?"

"당신은… 당신이니까. 그리고 나는….."

"다른 사람을 사랑하지."

릴리는 부정하지 않는다. 그럴 필요가 없다. 그 대신 화제를 돌린다.

"이제 내 차례. 헨리, 나 사랑해?"

"당연하지."

"그게 당신한텐 어떤 의미야? 날 사랑한다는 건?"

헨리는 잠시 생각해 본다.

"난 더 나은 사람이 되고 싶어. 당신을 위해, 우리 아기를 위해."

그녀는 말이 없다. 적당한 대답을 떠올리는 중이거나, 어쩌면 과학적 근거를 앞세워 반박할 준비를 하는 중인지도 모른다. 이를테면 "참 듣기 좋은 말이긴 한데, 연구 결과에 따르면 사람 일이란 게 그런 식으로 돌아가진 않거든"이라는 식으로. 하지만 문 너머의 침묵이 길어지자 헨리는 그녀가 다시 의식을 잃은 게 아닌지 걱정된다.

"릴리, 당신…."

"난 괜찮아."

애써 참는 듯하지만 그녀의 목소리는 울먹인다.

"미안해. 내가 너무 미안해, 헨리."

"미안해할 필요 없어. 서로를 이해할 수만 있다면 우리 둘은…. 우리한테 필요한 건 그게 전부일 거야."

"난 당신을 이해하는걸."

그녀의 이 말이 헨리에게 용기를 불어넣는다. 다른 부부, 다른 남편들이 어떤지는 모르지만, 바로 이것이 그가 무엇보다도 간절히 듣고 싶고, 받아들이고 싶은 말이다.

"이 문을 열 방법을 반드시 찾아낼게."

"컴퓨터가 우리 명령을⋯."

"컴퓨터는 부숴버리려고."

"그걸 설치한 사람이 인테론 보안시스템도 설치했거든. 그 사람 말로는 이 시스템이 습격 대비용으로 대사관에 들어가는 거랑 같은 종류래. 문짝도 다."

"상관없어. 당신이 빠져나오는 데 충분한 구멍이 생길 때까지 난 멈추지 않을 거니까."

진실이기에 설득력이 있다. 그녀만큼이나 헨리 자신에게도 확실히 그렇게 들린다. 파내든, 깨부수든, 태우든 그는 그녀에게 닿는 길을 만들어 낼 것이고 무엇도 그 길을 가로막게 두지 않을 것이다.

쿵, 쿵, 쿵, 쿵⋯

묵직한 충돌음이 마룻바닥으로 전해진다. 저 아래, 지하실에서.

"데이비스."

릴리의 혼잣말도 목문을 넘어 그에게 전해진다.

또다시 그녀는 소리를 좇아 급히 계단을 내려간다.

"릴리! 가지 마!"

불규칙하게 끌다가, 걷다가 하는 발소리가 그녀의 몸 상태를 대변한다.

헨리는 소리친다.

"그자가 아니야! 데이비스가 아니라고!"

그는 아내가 다시 올라와 어떻게 그리 확신하냐고 묻길 기대한다. 뭐라 답할지는 모르겠지만. 하지만 결국 애써 답을 떠올려 낼 필요도 없다. 그가 무슨 말을 해도(최악의 상황을, 심지어 진실을 털어놓는다 해도) 그녀는 돌아오지 않을 것이므로.

42

지하실은 아까보다 더 깜깜하다. 검푸른 저녁 어스름도 하늘에서 밀려나고 이제 밤이 완연히 내려앉았다.

릴리는 소리를 따라간다. 쿵 울리는 소리가 크기도, 간격도 일정하게 반복되지만 그녀가 느끼기엔 마치 점점 커지며 재촉하는 것만 같다.

"데이비스, 어딨는지 말해줘!"

응답을 기대한 건 아니지만 역시나 아무런 응답도 없다.

금속 창살이 천천히 밀려 나와 헨리가 그녀를 끄집어내려 했던 창문과 나머지 두 창문까지 막아버린다. 릴리는 개의치 않는다. 탈출할 생각으로 여기 있는 게 아니다. 어디로 가게 되건 간에 끝까지 소리를 따라갈 작정이다.

세탁실, 거기서 나는 소리다. 어떤 속임수나 영상 혹은 녹음된 소리일 수 있다는 건 안다. 통풍구의 소리도 그랬으니까. 하지만 발길을 돌릴 생각은 없다. 그녀는 데이비스를 찾아낼 때까지 그를 찾을 것이다.

그녀가 오래된 TV 앞을 지나칠 때, 불룩한 화면이 켜진다. 탁한 녹색 빛이 바닥에 반원을 그린다.

…쿵, 쿵, 쿵, 쿵…

TV 화면에 영상이 뜬다. 잠시 후에야 릴리는 그 영상을 알아본다. 아기방 천장 구석의 카메라가 찍는 아기 침대. 젖혀진 이불과 반듯하게 누운 인형을 바짝 당겨 찍고 있다. 인형의 드레스 자락이 허벅지까지 올라가 있다. 릴리가 두고 나온 그대로다.

인형이 윙크를 날리거나 손을 흔들겠지. 아니면 보이지 않는 힘이 이불을 당겨 올려 인형 얼굴을 덮어버리거나. 이제 그녀는 이런 유의 깜짝 쇼를 자연히 예상하게 됐다. 하지만 인형도, 이불도 움직이지 않는다.

그녀는 다시 발걸음을 뗀다. 이 TV 영상은 아기의 잠자리로 예정된 곳을 실시간으로 보여주는, 소름 끼치는 육아 방송인 듯하다. 물론 릴리는 저 아기 침대를 거리에서 불태우고 말지 절대로 저기에 자신의 아이를 눕히지 않을 생각이다.

그녀가 이렇게 다짐하자마자, 화면 속 인형 위로 웬 그림자가 다가선다. 윌리엄이다. 그것이 스스로 몸통을 끌어 올려 침대 난간에 기대자 팔 하나가 화면으로 들어온다. 헐렁한 장갑 같은 손이 인형을 조금 끌어당기더니, 검지로 눈을 콕 찌르고 입술 윤곽을 따라 찬

찬히 움직인다.

다른 손이 난간을 넘어와 인형의 허리를 감싸 쥔다. 허리가 단단히 잡히자 첫 번째 손이 인형의 두 눈을 잡아 뽑는다.

릴리는 로봇의 힘에 깜짝 놀란다. 손가락을 인형 머리에 쑤셔 박고 뇌수를 퍼내듯, 솜과 눈알을 한꺼번에 눈구멍으로 뽑아내는 모습이란…. 다음은 코, 이어서 입술이 뜯겨 나가고, 이도 없는 인형의 입은 소리 없이 울부짖는 구멍이 돼버린다.

어깨에서 팔이, 엉덩이에서 다리가, 목에서 머리가 떨어져 나간다. 로봇의 흉포한 손놀림이 갈수록 거세어진다. 이내 인형의 몸은 솜뭉치, 실밥, 천 쪼가리와 플라스틱 조각으로 분해돼, 갈기갈기 찢긴 드레스와 함께 무더기를 이룬다.

TV가 꺼진다.

쿵

이건 세탁실에서 나는 소리가 아니다. 위층 바닥에 뭔가 무거운 것이 떨어졌다. 뒤이어 그것이 바닥에서 길게 끌리는 소리도 들린다. 아기방. 로봇이 아기 침대에서 내려와 문 쪽으로 제 몸을 끌고 있다.

충격에 거의 마비가 돼버린 상태로 릴리는 마치 최면에 걸린 듯 세탁실로 향한다. 몸속의 피가 서서히 빠져나가는 느낌이다. 모든 이유와 확신과 희망이 덧없이 사라져 버리고, 공허한 공포가 그 빈자리를 가득 채운다.

…쿵, 쿵, 쿵, 쿵…

그녀는 어둠 속으로 손을 밀어 넣고 벽면의 조명 스위치를 탁 켠다.

43

헨리는 주방 안을 휘둘러본다. 아침 식사용 식탁 의자를 집어 들고 높이 쳐들어 문을 겨냥한다. 그때,

찰카닥.

문의 잠금장치가 풀린다.

그는 문을 당겨 열지만 선뜻 발을 내딛지 않는다.

'아내는 데이비스를 사랑한다.'

거부할 틈도 없이 뺨을 적시는 비처럼 이 생각이 헨리의 머릿속을 파고든다. 그녀는 이 문을 뚫기 위해 죽을힘을 다할 그를 기다려 주는 대신 지하실로 돌아가길 택했다. 그가 아닌 다른 남자를 사랑해서다. 그런데도 아내를 향한 그의 감정은 여전하다. 스스로도 놀랄 만큼. 헨리는 여전히 그녀를 사랑한다. 잘못된 행동과 실패한

행동으로 그들을 이 지경까지 오게 한 그 자신은 결코 용서할 수 없으면서 아내는 얼마든지 용서할 수 있다.

이윽고 그는 지하실로 내려간다. 왼쪽 세탁실 전등이 켜져있지만 헨리는 계단 중간에서 뛰어내리지 않고 끝까지 내려간다. 막상 내려가서도 그곳의 광경이 뜻하는 바를 잠시 뒤에야 해석해 낸다.

릴리가 그를 등진 채 문 바로 안쪽에 서있다. 로봇 개도 있는데 마찬가지로 계단 쪽을 등진 방향으로 넓은 엉덩이를 깔고 납작 엎드려 있다. 릴리가 녀석을 쓰다듬을 듯이 손을 내린다. 그러나 그녀의 손은 녀석의 머리 위 허공에서 흠칫하며 굳더니 이내 주먹을 말아쥔다. 그녀의 호흡이 끊어졌다 터지길 반복한다.

개가 고개를 돌린다. 목 아래는 움직이지 않고 머리만 180도 회전한다. 지하실로 내려온 헨리를 알아보고 녀석은 머리를 되돌려 몸의 나머지 부위와 같은 방향으로 맞춘 다음 종종걸음으로 그에게 온다.

녀석이 콘크리트 바닥을 톡톡 찍으며 세탁실 불빛에서 멀어질수록, 헝클어진 털과 찌그러진 깡통 머리가 어둠에 짙게 물들어 간다. 헨리 곁에 도착할 즈음엔, 네 개의 기둥을 무너뜨리지 않으려 후들거리는 걸음걸이만 아니라면 진짜 개로 착각할 수도 있을 정도다. 녀석이 헨리의 다리에 머리를 비빈다. 반짝이 리본 띠 같은 혀를 늘어뜨린 채 헥헥거린다.

"너 여태 뭘….”

그는 얼어붙는다. 개가 헨리의 바지에 검은 띠 얼룩을 남겨놓았다. 그는 억지로 손을 내려 얼룩을 만져본다. 끈적하다. 그리고 아

직 따뜻하다. 눈이 어둠에 적응하자 비로소 그는 개의 주둥이에 덕
지덕지 묻은 끈끈한 피와 사람의 머리카락을 알아본다.

"안 돼…."

깨달음과 동시에 헨리는 세탁실로 튕기듯 달려간다.

"릴리! 나가야 해! 여기서 얼른…."

세탁실 문이 쾅 닫힌다.

44

등 뒤에서 문이 닫히고 그 너머에서 헨리가 문을 쾅쾅 두드리며 릴리의 이름을 부르짖지만 그녀는 뒤돌아보지 않는다. 그녀의 시선은 작동 중인 건조기에 고정돼 있다. 통 안에서 뭔가 묵직한 물체가 이리저리 튀며 뒹군다.

…쿵, 쿵, 쿵, 쿵, 쿵…

릴리는 움직일 수가 없다. 유튜브로 외과수술 영상을 볼 때와 비슷한 느낌이다. 일찍이 의료계에 흥미가 있었지만 더 탐색할 기회가 없었던 그녀에게 수술 영상은 가려운 곳을 긁어주는 은밀한 취미다. 메스, 붉은 피 웅덩이, 박동하는 심장. 이런 이미지들에 그녀는 매혹과 혐오를 동시에 느낀다.

그녀는 더 이상 고심하거나 망설이지 않기로 마음먹는다. 이미 고심하고 망설였는데 아무것도 해결되지 않았고 아무것도 밝혀내지 못했다. 과학자 릴리는 눈앞의 현실이 무엇이든 그것을 압축해 데이터화한다. 지금 당장은 관찰과 기록만 해야 한다.

그녀는 쪼그려 앉아 건조기 문을 연다.

내부 통의 회전은 서서히 멎지만 그 안에 든 물체는 몇 초 더 이리 쿵 저리 쿵 부딪히며 구른다. 릴리는 가만히 쳐다본다. 언뜻언뜻 물체의 일부가 눈에 잡히지만 그것의 정체는 구르기를 멈춘 후에야 완전히 밝혀진다.

눈을 부릅뜬 얼굴, 케이크처럼 창백한 피부, 눈썹과 입술에 붙은 푸석한 피딱지들, 너덜너덜한 절단면이 드러난 데이비스의 목….

릴리는 주춤주춤 뒷걸음질히다 벽에 등을 부딪힌다.

문이 열린다. 문밖에 서있던 헨리는 들어오지 않는다. 대신 로봇개가 종종대며 건너온다. 같이 산책이라도 나가자는 듯 고개를 빳빳이 들고 릴리를 올려다보며 꼬리를 흔들어 댄다.

헨리도 머리를 본다. 짐승이 물어뜯은 듯한 목, 피 칠갑에 털이 뭉친 개의 주둥이. 한편으론 사태 파악이 되는데 다른 한편으론 도무지 혼란스럽다.

그를 돌아보는 릴리도 나름의 복잡한 생각들이 머릿속에서 엎치락뒤치락하는 중이다. 그녀는 구역질하듯 입을 열지만 토물 대신 말을 토한다.

"그이가 죽었어."

헨리는 말없이 고개만 주억인다.

릴리가 이어 말한다.

"그이는 살해당했어. 그런데 여기 있었던 사람은 당신밖에 없어."

"아니, 윌리엄이 있었지."

이게 무슨 뚱딴지같은 소리람. 윌리엄? 로봇의 짓이라고? 전원 장치가 뽑히고 흠씬 두들겨 맞아 고철 덩어리가 된 물건이? 그것의 프로그램 일부가 살아남아서 이 집 소프트웨어에 접속해 그들을 위협하고 기 싸움을 한다는 건 흥미로운 이론 정도로 여길 수 있다. 하지만 물리적으로 사람을 죽인다는 건… 로봇 개를 시켜 그의 목을…? 아니, 아니다. 사람이 한 짓이다. 그렇게 할 수 있는 건 사람밖에 없다.

"당신이 죽였어."

그녀가 헨리를 물끄러미 응시하자 그는 주춤한다. 이 순간, 추적할 만한 잠재적 단서들이 그의 머릿속에서 회오리를 이루지만 릴리가 가진 확신은 너무나 굳건하다.

그는 고개를 가로젓는다.

"당신이 이해해야…."

"아니."

릴리는 풀쩍 물러서다 얼결에 개를 세게 걷어차고 만다. 개는 홱 뒤집히며 세탁기에 깡, 부딪혀 움푹 팬 자국을 남긴다.

"아니, 아니, 아니."

벌떡 일어나 일부러 헨리를 외면한 채 그녀는 그의 앞을 지나쳐 간다.

"아니, 아니, 아니, 아니."

릴리는 달리지 않는 선에서 최대한 발을 재게 놀린다. 자신이 달리기 시작하면 당장에 그가 쫓아올 것이다. 1초, 아니 2초만 더. 잠시라도 더 그와 거리를 벌릴 시간이 필요하다. 그녀의 발이 계단에 닿는다. 하지만 뜻밖에도 헨리는 어깨를 붙잡지 않는다. 그녀는 거침없이 계단을 밟는다. 보나 마나 문이 닫혀버릴 테지만 릴리는 무작정 계단을 오른다. 하지만 이번에도 예상과 달리 문이 닫히지 않는다. 주방에 들어가고 나서야 저 아래에서 뒤쫓아 올라오는 헨리의 발소리가 들린다.

그녀는 급히 싱크대 쪽을 눈으로 훑는다. 저 안에 뭐가 있더라? 묵직한 것, 날카로운 것, 뭐든지 쓸만한 것을 손에 쥐어야 한다. 릴리는 팬트리 문을 벌컥 열지만 꽉 찬 선반에는 통조림밖에 없다.

"릴리!"

헨리는 지하실 계단을 반쯤 올라왔지만 그녀는 아직 무기로 쓸만한 물건을 찾아 두리번대고, 생각하고, 뒤적인다. 불현듯이 팬트리 한 귀퉁이 바닥에 있는 '잡동사니 상자'가 떠오른다. 릴리는 냉큼 상자 뚜껑을 벗기고 손을 넣어 뒤진다. 스카치테이프, 실 뭉치, 연필, 신발 끈… 그리고 커터 칼.

그녀가 팬트리 문을 닫자마자 헨리는 지하실 문을 통과해 나온다.

"윌리엄이야! 그놈이 그랬어. 다 그놈이 꾸민 일이라고."

릴리가 그의 표정을 살핀다. 헨리의 말이 거짓인지 아닌지 가늠하는 게 아니라 자신이 커터 칼을 주머니에 넣는 장면을 보았는지 알아보려는 것이다.

"윌리엄이 무슨 수로 일을 '꾸민다'는 거야?"

"아직 다 파악하진 못했어. 하지만 그놈 짓인 건 확실해."

"그 물건은 움직일 수조차 없어, 헨리. 죽었잖아! 당신이 완전히 망가뜨렸잖아!"

"그래서 사람을⋯ 데이비스를 연구실로 오게 만들었지. 그래서 데이비스가 나한테 덤벼들었고, 사고가 있었고, 그래서⋯."

릴리가 비틀거린다. 헨리가 데이비스의 이름을 입에 올리는 현실이 그녀에겐 심장을 칼로 도려내는 듯한 상실감을 안긴다. 헨리가 다가서려 하지만 그녀는 손을 들어 막는다.

그리고 차갑게 그를 노려본다.

"그 되도 않은 말은 그만⋯."

"처음부터 윌리엄은 어딘지 불길했어. 이제는 놈의 일부가⋯ 놈의 핵심이 계속 존재하는 거고."

"그만⋯."

"우리가 죽으면 어디로 가지? 사람은 자기한테 의미가 있는 장소를 찾기 마련이야. 이게 말이 안 되는 얘기인 건 알아. 당신은 이런 쪽이랑 맞지 않지. 당신이 믿지 않는 것도 알아. 하지만 어쩌면 윌리엄도 그렇지 않을까? 다만 놈이 찾은 곳은 기억이 아니라 코드에 적혀있었던 거지. 말하자면 디지털 저승⋯."

"그만!"

그녀는 발을 벌려 곧게 선다.

"제발 좀 닥쳐줄래? 그 거지 같은 상상은 당신 혼자 실컷 처하라고!"

아내가 이런 식으로 소리치고 욕하는 걸 헨리는 이제껏 본 적도, 들은 적도 없다. 자기가 이해하는 현실을 붙잡기 위해 이토록 눈에 보이게 싸우는 모습도. 한순간 정적이 흐른 뒤 그녀는 돌연 자신감 넘치고 원칙을 정하는 릴리로 돌아가려 애써본다.

"윌리엄은 인간이 아니야. 놈이 여기서 할 수 있는 일, 여기서 한 일, 다 기계적 속임수에 불과해. 화면, 카메라, 보안시스템 모두 한 가지 형태에서 다른 형태로의 에너지 변환일 뿐이야."

"그게 바로 영혼의 정의 아니야?"

"로봇한테 씨발, 영혼 따윈 없다고!"

헨리는 다시 그녀에게 다가간다. 두 사람이 첨예하게 대립 중인 지금도, 그가 제대로 잘 말한다면 어느 한쪽이 생각을 뒤집을지도 모른다는 느낌이 든다.

"이 상황을 헤쳐가려면 우리가…."

릴리의 꽉 쥔 주먹이 그의 턱으로 날아든다.

영리한 한 방이다. 헨리의 고개가, 마치 원치 않는 기억을 떨쳐 내려 할 때처럼 옆으로 홱 꺾인다.

릴리는 주방을 뛰쳐나간다. 현관홀까지 내리 달려 중앙계단을 오르기 시작한다. 2층에 올라간들 그녀에게 도움이 될 것은 아무리 생각해도 없다. 어차피 무슨 계산속이 있어 그리로 가는 건 아니다. 그저 무작정 달릴 뿐이다.

45

2층에 올라와서도 그녀는 방들을 그냥 지나쳐 달린다. 어쩌면 이리
도 하나같이 안전하지 못한지. 숨을 데도 없고, 헨리를 막을 방도
로 삼을만한 구석도 없다. 이때 아기방 문이 열려있는 게 보인다.
윌리엄의 고무 손이 인형을 해체하던 영상과 그 일을 마치고 놈이
바닥으로 떨어지며 냈던 소리가 떠오른다. 놈이 아직 있을지도, 문
뒤에 숨어 기다리고 있는지도 모른다. 그녀가 문에 다가가는 순간,
집게발을 쳐든 게처럼 놈이 두 손을 들고 그녀를 덮칠 수도 있다.

  릴리는 문 건너편 벽으로 상체를 젖혔다가 숙이면서 아기방을
휙 지나친다. 그리고 그 짧은 순간에 방 안을 흘깃 엿본다. 여전히
바닥에 놓인 베이비모니터 화면이 흐릿하게 빛난다. 그런데 거기에
서 윌리엄의 목소리가 흘러나온다.

"오…, 저 마술할 줄 알아요….”

그녀는 손을 뻗어 문을 잠가버리고 싶은 충동을 느낀다. 하지만 이성은 그랬다간 무언가가 자신을 방 안으로 끌어당기리라고 소리 친다.

릴리는 계속해서 다락 연구실 계단으로 향한다. 그러다 저만치 앞 복도 바닥을 휘젓고 다니는 작은 물체를 보고서야 발길이 멎는 다. 동물인가? 개는 아니다.

침침한 복도 조명 아래, 무언가 다친 것처럼 버둥거린다. 검은 날개가 있으나 지금은 날지 못하는 생물이, 찾지 못할 안식을 찾아 파닥거리며 바닥을 하염없이 맴도는 최후의 발작에 시달리고 있다.

어떻게 까마귀가 집 안으로 들어왔지? 저게 들어왔다면, 자신도 나갈 수 있지 않을까?

이런 가능성을 따져볼 새도 없이 그녀는 그것이 새가 아님을 알 아챈다. 망할 꼬마마법사다. 페달질을 엄청나게 하면서 관심을 끌 고 싶어 안달한다.

그러고는 그 작은 자전거를 곧장 부부 침실로 몰아간다.

릴리는 1층으로 통하는 계단을 돌아보고는 귀를 기울인다. 헨리 가 올라오는 기척은 전혀 없다.

방으로 따라 들어가니, 때마침 꼬마마법사가 침대 밑 어둠 속으 로 사라지려고 한다. 망토를 그녀 쪽으로 팔락이며 그것은 새침한 작별 인사를 날린다. 하지만 곧이어 꼬마마법사가 푹신한 뭔가를 들이받고 옆으로 쓰러지는 소리가 들린다.

릴리는 평소 침대 밑에 아무것도 두지 않는다. 의아한 마음에 릴리는 무릎을 꿇고 엎드려 침대 아래를 살핀다. 잘 보이지 않자 아예 모로 누워 머리를 바닥에 대고 들여다본다. 그러고는 잠시 후, 컴컴한 그림자에 눈이 적응한다.

페이지다. 말도 없고 움직이지도 않는다. 휘둥그레 뜬 눈이 똑바로 릴리를 쳐다볼 뿐.

여기 숨어있었구나. 릴리는 죄책감을 느낀다. 여길 발견하고 여기에 숨어 상황이 정리되기만을 기다렸을 친구를 완전히 까먹고 있었다니. 어쩌면 자신도 기어 들어가서 친구와 함께 기발한 반격 작전을 짤 수도 있겠다. 그래, 그냥 그러자. 그녀는 바닥을 짚고 몸을 당기려고 침대 밑으로 손을 뻗다가 멈칫한다.

"페이지?"

충격이 큰가 보다. 그래서 대답도 못 하고 눈 한 번 깜빡이지도 못하는 거겠지. 공포란 게 사람을 이렇게도 만드나? 릴리는 좀 더 깊숙이 미끄러져 들어간다. 침대 아래로 그녀의 몸 절반이 들어갈 때까지 페이지는 침대 바깥, 아까 릴리가 있던 지점만 바라본다. 얼마 전까지 그녀의 피부였을 화상 자국과 번들거리는 피를 보기도 전에 릴리는 페이지가 죽었다는 걸 깨닫는다.

*****

그녀에게 시간을 주는 편이 좋겠다, 고 헨리는 생각한다.

릴리는 트라우마를 겪는 중이다. 실상 두 사람 다 그렇지만 이상하게도 지금 그는 정신이 아주 맑은 느낌이다. 어쨌든 이런 상황에 아내를 몰아붙이는 실수를 할 수는 없다. 그녀는 자신을 오해하고 있으니 설득하려면 단어 선택은 물론 배열에도 신중에 신중을 기해야 할 것이다.

오늘 일어난 일들은 상상을 초월한다. 근본적인 차원에서 보면 누구의 잘못도 아닌데 말이다. 헨리는 다른 남자를 사랑하는 아내가 원망스럽지 않다. 자신을 가두고 그녀를 무시한 건 바로 그다. 그가 자신을 제대로만 설명한다면 릴리도 자신이 데이비스에게 그런 짓을 저지른 끔찍한 인간이 아니라는 사실을 깨닫게 될 것이다.

그런데 도대체 데이비스에게 무슨 일이 일어난 것인가? 그래, 헨리가 그자를 찔렀다. 하지만 그건 헨리의 의지로 한 일이 아니다. 윌리엄 안에 깃든 존재가 한 일이다. 헨리를 분노로 몰아넣은 악한 존재. 그것의 작용 원리를 누가 어찌 알겠나? 그가 확언할 수 있는 단 하나는, 되돌릴 수만 있다면 무슨 짓이든 하리란 것이다. 하지만 일이 벌어지는 동안에도 그는 자신의 행동을 전혀 인지하지 못했다. 더구나 그가 마지막으로 보았을 때 데이비스는 분명히 살아있었다. 즉, 엄밀히 말해 헨리가 데이비스를 죽인 건 아니라는 뜻이다.

이렇듯 헨리는 주방에 서서, 아내에게 얻어맞은 턱에 얼음 조각을 문지르며, 혼잣말을 이어가며 낙관에 빠져든다.

이 정도 시간이면 충분한가? 그래, 충분하겠지.

헨리는 아내를 되찾을 준비가 됐다. 이런 자신을 릴리에게 보여주리라.

46

2층 복도, 릴리는 사무치는 두려움에 숨이 막힌다. 마음도, 심장도 진정시킬 수가 없다.

화상으로 뒤덮인 페이지의 시신이, 이 집이, 데이비스의 머리가… 이것을 멈추거나, 이 환상에서 깨어나거나, 여기를 벗어날 방법이 없단 걸 안다는 게 그녀를 걷잡을 수 없는 공포와 절망에 빠뜨린다.

공기를 마시기 위해 사투를 벌이는 뇌의 단순함이 감사할 지경이다. '숨 쉬자, 숨 쉬어, 숨'을 반복하는 것 말고는 정신을 둘 데가 없다. 그러나 막상 목구멍으로 넘어가는 산소의 맛을 느끼니 끔찍한 생각들이 다시 기승을 부린다.

우선, 헨리.

그가 자신의 뒤를 쫓는다. 봐서 아는 건 아니다. 볼 수 없다. 하지만 그의 걸음걸이가 바닥의 진동으로 전해지고 그때마다 그녀의 심장도 덩달아 쿵쿵 뛴다.

릴리는 3층 연구실로 올라간다. 헨리가 준 열쇠를 주머니에서 꺼내고 자물쇠를 푼다.

어깨로 문을 밀어보자 반대편에서도 누가 미는 것처럼 강하게 저항하던 문은 이내 항복한다. 릴리는 안으로 넘어질 듯이 휘청하며 들어선다. 다시금 그녀는 받은 숨을 연달아 몰아쉰다. 그리고 문을 닫지만 완전히 닫히기 전, 그 문을 밖에서 헨리가 밀며 비집고 들어온다.

릴리는 할 수 있는 한 그와 멀찍이 떨어진다. 이렇게 계속 피하는 게 정답일까? 과감히 대면하는 편이 나을까? 그녀는 헨리의 위치를 아는 편이 더 안전하다는 결론에 이른다. 그래서 찬물 세례로부터 스스로를 보호하듯 손을 앞으로 내뻗고 얼굴은 돌린 채 돌아선다.

"제발! 안 그래도 된다니까, 정말."

헨리는 자신의 결백을 전달한다는 계산하에 지레 두 팔을 옆구리에 딱 붙이고서 그녀에게 다가간다.

"난 절대로 당신을 해치지 않아. 당신은 물론이고 그 '누구도' 해치지 않는다고. 하지만 데이비스는⋯."

릴리가 그에게 달려든다.

둘 다 싸움꾼 체질은 못 되기에 그들의 난투극은 더더욱 결과를 점칠 수 없다. 헨리는 그녀를 저지하되 다치지는 않게 하느라 엉거주춤 붙잡고서 밀어낸다. 릴리는 그가 나가떨어지길 바라며 팔꿈치로 연달아 턱을 가격한다. 헨리도, 심지어 그녀 자신조차 짐작하지 못했을 정도로 세게. 얻어맞을 때마다 고개가 젖혀지는 바람에 헨리는 다음 공격이 어디서 날아드는지 볼 수가 없다.

헨리가 그녀를 놓아주고 비틀비틀 물러선다. 릴리는 주머니에 넣어뒀던 커터 칼을 꺼내서 눈을 질끈 감으며 그를 향해 휘두른다. 칼날이 그의 뺨에 닿는다.

그의 피부가 깨끗하게 잘리며 훌렁 벌어진다. 그런데 상처에서 피가 배어나지 않는다. 뼈와 힘줄과 튀기는 피가 드러나야 할 자리에 광대뼈 형태의 금속재밖에 없다.

무심결에 제 발치를 내려다본 헨리는 핏방울 하나 튀지 않은 바닥을 보고 순간 멍해진다. 가만히 손을 상처에 가져다 대보지만 차가운 금속의 감촉만 느껴진다. 그는 릴리를 보며 눈을 끔뻑인다.

"내가….."

"당신한테 진작 말해줬어야 하는데."

"나한테 뭘….."

"내 잘못이야, 정말이지 왜 여태 미루기만 했을까."

북받치는 감정에 릴리의 얼굴이 씰룩거리다 이내 와락 일그러진다. 후회, 자책, 뒤늦게 밀려드는 깊은 슬픔. 이 모든 감정의 배후는 헨리가 아니다. 데이비스다.

"내가 진작 알려줬다면 그이는 아직 살아있겠지."

"대체 나한테 뭘?"

릴리는 커터 칼을 들어 그를 겨눈다.

"내가 당신을 만들었어, 헨리."

47

엘리베이터가 추락할 때처럼 헨리는 갑자기 바닥이 푹 꺼지는 듯한 감각에 사로잡힌다. 엘리베이터 비유는 경험에서 나온 것이 아니다. 그는 단 한 번도 엘리베이터를 타본 적이 없으니까. 그는 결혼한 적도 없고, 이 집의 경계를 넘어본 적도 없다. 단 한 발짝도.

그는 중얼거린다.

"아냐."

"받아들이기 어려울 거야. 나로선 상상도⋯."

"하지만 나⋯ 난 다 기억하는데⋯."

"어떤 걸?"

"친구들, 학교, 부모님. 당신이 그걸 다 프로그래밍 할 수 있었을 리 없잖아."

"맞아, 내가 한 게 아니야. 당신이 했지."

"난 그런 적….."

"당신은 스스로 믿을 만큼의 정보를 넣어서 일생의 배경을 만들었어."

"아니야."

그는 다시 부정한다.

"친구 중에 이름 하나만 대봐. 당신의 그 훌륭하신 멘토, 고등학교 수학 선생은 어때? 당신 부모님 이름은?"

헨리는 머릿속을 뒤져보지만 아무것도 찾아내지 못한다. 그러고 보니 그 사람들의 얼굴도 기억나지 않는다. 긴 머리를 뒤로 모아 묶고 다녔던, 엄격하지만 지지를 아끼지 않던 여성 교사… 미인이지만 다정하진 않았던 어머니, 실패한 운동선수였던 아버지. 이것이 그들에 대한 기억의 전부다. 하물며 그는 자신이 기억하는 막연한 특징들이 과연 방금 지어낸 것이 아니라고 확신할 수도 없다.

"그럼 윌리엄도…?"

"아니, 윌리엄은 당신이 만들었어. 그래서 당신이 특별한 거야, 헨리. AI를 만들어 내는 AI라서."

그는 끄덕인다. 오래도록 품어온 의심이 진실로 밝혀졌다는 듯이. 어떻게 보면 그게 사실이기도 하고.

문득 헨리가 입을 연다.

"잘못이었어."

"뭐라고?"

"그것이 생겨난 곳, 나쁜 것으로 채워진 공간. 놈은 '나'한테서 생겨났어."

"왜 그렇게 말해?"

"난 텅 빈 존재니까. 내가 만든 생명도 비어있을 수밖에."

"흥미로운 얘기네."

이렇게 된 마당에도 릴리는 꼬리에 꼬리를 무는 생각을 물리칠 수가 없다.

헨리는 머리가 아프다. 두개골 내부에서 절망이 불어나 일으키는 편두통. 그는 미친 듯이 연구실 안을 휘둘러본다. 자신을 다른 삶으로, '진짜' 삶으로 데려다줄 순간이동장치 같은 게 있으면 좋으련만. 그러나 이곳엔 그가 제 것으로 알고 있는 중고 공구와 부품 나부랭이만 즐비하다.

"이 집은…."

릴리가 대답한다.

"연구실이야. 내 연구실."

이미 과부하인 헨리의 머리가 더 이상의 진실은 받아들일 수 없다고 아우성친다. 그러나 그런 와중에도 오직 한 가지는 오히려 더 강력하게 진실을 요구한다.

"우리 아기. 아버지는… 그 사람인가? 데이비스?"

"응, 내 남편."

그녀는 새삼스레 치솟는 울음을 가슴으로 삼킨다.

"그이와 나눈 마지막 대화가 말다툼으로 번졌어. 당신 얘기였지."

"나?"

"벌써 몇 달째 똑같은 문제로 툭하면 싸웠거든. 왜냐면…."

그녀는 자기 배에 손을 얹는다.

"데이비스는 당신이 알아야 한다고 했어. 당신이 모르는 건 잘못된 일이라고. 그럼 나는 '내일'이라고 했지. '내일 내가 헨리한테 말할게'라고."

헨리는 다시 고개를 흔든다. 그 고갯짓이 또 새로운 통증을 유발한다. 그는 버겁디버거운 진실 중 어느 하나라도 부정할 방법을 찾으려 안간힘을 쓰지만, 그리로 통하는 길이 매순간 좁아지고 있음을 느낀다.

"하지만 어떻게 다른 사람과 결혼할 수 있었지? 그럴 시간이 있었던가? 당신은 '여기'에 있었는데. 당신이 여기 있었던 걸 내가 기억하는데."

"당신이 자신의 정체를 알지 못하게 막은 건 당신을 보호하기 위한 조치였어. 내가 외출할 때마다 당신 전원을 끄고 돌아와서 다시 켰지. 수면모드 같은 거랄까. 어쨌든 당신은 잠을 잔 걸로만 알았을 거야. 하지만 난 대체로 오래 머무르지 않았어. 며칠씩 여길 비우기도 했고."

헨리는 난생처음 눈을 뜬 것처럼 멍하니 끔뻑거린다.

"왜지?"

"말했잖아, 당신을 여기에 혼자 둘 수는 없어서 내가 전원을 꺼놓고⋯."

"그게 아니라. 왜 나한테 이런 짓을 했냐고."

'왜 나한테, 이런 짓을⋯?'

그녀는 순간 조금 욱해서 눈을 휘둥그레 뜨지만 한결같이 차분한 설명조로 대답한다.

"당신은 미리 다 짜인 실험 프로젝트였어. 그런데… 실험에 변수가 생겼지. 당신이 '창작'을 하기 시작한 거야. 윌리엄만이 아니라 당신의 과거, 결혼, 당신이 될 아버지상까지. 이 실험을 계속하는 게 잘못이라는 건 알고 있었어. 당신한테 잘못하는 거였지. 하지만 너무나 특별해서… 실로 엄청난 가치가 있었기 때문에, 당신이 어디까지 나아가는지 봐야만 하겠더라고. 그래서 나도 동조했어."

"내 경험은 실험의 산물이 아니야, 진짜라고!"

"하지만 당신의 인간성은 진짜가 아니지."

그에게 상처 주려고 한 말은 아니다. 이와 비슷하게 솔직함을 가장한 릴리의 말을 헨리는 익히 들었다. 그 대상은 시퀀스 코드 오류나 그녀가 해고한 직원 또는 어릴 적에 키우다 안락사해야 했던 토끼 따위였다. 헨리는 씁쓸함과 분노의 경계에 있는 실소를 터뜨린다.

"윌리엄 말이 맞았군."

"무슨 말?"

"우리가 가치 있다고 여기는 것은 다 허구라는 말. 사랑, 집, 가족…. 갖은 수를 써서 스스로를 속이지."

"난 나를 속이는 게 아니거든?"

말투가 뾰족한 것이 그만 발끈한 티가 난다. 그녀는 짧게 한 번 심호흡한 뒤 말을 잇는다.

"당신은 특별해. 정말 굉장한 존재라고, 헨리. 무려 삶을 창조했잖아."

"아니, 로봇을 만들었지."

"윌리엄 얘기가 아니야, 당신을 말하는 거지."

그는 또 한 번 연구실 안을 둘러본다. 그에게 너무나도 익숙한 풍경이 어느새 온통 무채색으로 변해있다. 현기증이 난다. 자신의 지각은 과연 진짜일까? 이제 너를 둘러싼 모든 것을 의심할 때라고 속삭이는, 내부에서 돌아가는 코드에 불과한 건 아닐까? 그는 이 두 가지를 구분할 방법을 단 하나도 생각해 낼 수 없다.

릴리가 말을 잇는다.

"당신은 자기 자신을 로봇공학자로 규정했어. 그래서 난 당신한테 따로 연구실을 제공했고. 당신은 자신을 유부남으로 규정하고 날 아내로 여겼어. 우린 한 침대를 쓴 적 없고 내가 절대로 당신한테 스킨십을 하지도 않으니까, 당신은 우리가 서로 소원해졌다고 알기로 했어."

"당신이 날 속인 거야."

"우리가 하나의 이야기를 공유한 거야, 헨리. 그 이야기가 이제는 끝났고."

헨리는 금방이라도 쓰러질 듯이 위태로워 보인다. 릴리가 그를 향해 걸음을 옮긴다. 그를 안아주려고? 그가 쓰러지기 전에 부축하려고? 아니, 그녀는 곧 멈춰 서고는 말한다.

"그러고 보니 당신 말이 맞는 것 같아."

"무슨 말?"

"윌리엄, 유일무이한 존재랬지. 그렇다면 그 안에 있는 악한 것도 유일무이하다는 뜻이잖아."

헨리가 대답한다.

"잔악한 영혼."

"윌리엄이 그걸 그렇게 인식했다면… 그래, 그거."

"이해가 안 되는데."

"윌리엄은 당신과 같아. 만들어진 후엔 스스로 자신을 창조해 갔지. 그 과정에 악마에 씌었다는 설정이 들어간 거야. 제 스스로가 빚은 정신의 산물이라고. 우주 어딘가에 있는 어떤 존재가 로봇을 찾아내고 거기에 깃든 게 아니야. 그 존재가 곧 윌리엄이지."

헨리는 그녀가 은연중에 내비치는 자신감에 분노가 치민다. 헨리만이 아니라 그가 만든 존재까지도 너무나 당연하게 자신의 실험 대상으로 삼는 저 뻔뻔함이란. 그러나 한편으로는 릴리의 가설은 어느 정도 설득력이 있다. 윌리엄은 악하게 태어난 것도, 이미 존재하는 모종의 영적 기생충에 감염된 것도 아니었다. 그는 자신이 어둠에 잠식당했다고 여겼고, 어둠도 자신이 그를 잠식했다고 여겼다. 유일무이한 그놈의 영혼을 차지할 악마도 필요 없었다. 윌리엄 자신이 '원본'이었다.

"놈이 어디서 그런 아이디어를 얻었지?"

제 입에서 튀어나온 질문과 달리 헨리는 이미 답을 알고 있다. 자신이 윌리엄에게 준 책. 윌리엄이 "자신의 통제력을 과신한 한 야심가가 악마와의 계약에 응합니다"라고 설명했던.

릴리가 대답한다.

"전혀 모르겠어. 당신의 기억도 태반이 어디서 비롯됐는지 모르겠는걸. 꽁꽁 언 호수에서 스케이트를 탔던 어릴 적 기억, 고등학교 때 괴롭힘 당했던 일, 대학교 천체 관측소 망원경으로 토성 고리를 보여주고는 나한테 청혼했다는 기억."

그녀는 그저 어깨를 으쓱하며 말을 잇는다.

"어쨌든 당신은 자부심을 가져야 해."

릴리가 다시 좀 더 다가온다. 한번 안아보자는 듯 은은한 미소를 띠고서. 이제는 헨리도 안심하고 그녀의 품으로 쓰러진다. 그녀의 귓불에서 쏟아지는 온기가 그를 따스하게 감싼다. 그녀의 두 손이 헨리의 등으로 미끄러진다. 사랑이 아닌 연민의 손길이지만 실제로 그는 가련한 처지이기에 더 이상은 바랄 수도 없다.

릴리가 헨리의 셔츠를 올리고는 등을 쓰다듬는다. 옷을 벗기려는 것인가? 씻기려고? 옷이라도 갈아입히려고? 일종의 위로인가 보다. 이 모든 일을 겪은 끝에 드디어 그녀가 헨리의 자격을 인정한 것이다. 어쩌면 릴리는 그에게 사랑을 나누는 방법을 알려주려 하는지도 모른다. 그러나 이런 생각은 한순간 착각일 뿐, 곧이어 헨리는 그녀의 손가락이 자신의 등에 있는 피부 이음매를 더듬고 있음을 알아챈다. 손톱을 걸 수 있는 틈을 찾아서. 그녀는 그를 비활성화하려 한다.

"안 돼!"

그가 그녀의 손을 뿌리친다. 그러고는 아무 생각 없이 그대로 몸을 돌려 그녀에게 와락 달려든다.

48

헨리가 손목을 거칠게 움켜쥔 탓에 그녀는 들고 있던 커터 칼을 놓치고 만다. 릴리가 손을 뻗을 새도 없이 그가 잽싸게 바닥에서 칼을 주워 올린다.

그는 릴리를 다치게 하고 싶지 않다. 그녀가 누구이건, 진짜 이름이 무엇이건 상관없다. 그가 이제껏 꿈꿔온 진정한 감정은 애초에 자신에게 없는 능력일 것이고, 이 또한 스스로 믿도록 설정한 자기기만일 것이다. 어쨌거나 그는 느낀다. 릴리를 독차지하고 싶은 열망, 모든 게 달랐더라면 하는 바람, 아기….

"내 목적은 창작이 아니었어. 난 단지 인간이고자 했을 뿐이야."

그녀는 말이 없다. 가만히 커터 칼을 주시할 뿐이다.

"마음을 쓰고, 용서하고, 뭔가 이로운 것을 만들고."

그는 가발과 전선들, 고무 발 한 쌍이 널브러진 작업대에 커터 칼을 내려놓는다.

"오로지 존재하기 위해 그랬어. 사랑의 힘으로 변화해서…."

릴리가 대신 말을 맺는다.

"…더 나은 존재가 되려 했지."

그러나 헨리는 고쳐 말한다.

"혼자가 아닌 존재가 되려고 했어."

결과의 무게가 이불처럼 그녀를 덮어 누른다. 죄책감이나 과실 인정 같은 건 아니다. 고독은 천재성의 부작용이니까. 역사상 가장 위대한 창작자들은 전부 같은 과정을 견뎌냈고, 그녀도 그들과 한 무리에 속하고자 평생을 바쳤다. 그러니 자신 역시 같은 과정을 견뎌내야만 한다. 그녀로서는 타당한 각오지만, 물론 이토록 원대한 포부를 입 밖에 낼 수는 없고 낸 적도 없다. 동료들에게는 다른 식으로 돌려 말했다. '비즈니스 운영의 대가'라고.

헨리가 다시 입을 연다.

"하나만 물어봐도 될까? 내가 떠나겠다고 하면 당신은 날 놓아 줄 수 있어?"

그녀는 고개를 젓는다.

"당신의 상태… 그건 공포증이 아니야. 비상용 안전장치지. 이 집을 벗어나면 당신은 작동을 멈추게 돼. 프로젝트 종료."

그는 가만히 주억이며, 거스를 수 없는 운명을 받아들인다. 그러다 그녀를 똑바로 바라본다. 주체할 수 없는 갈망에 두 팔을 활짝 벌리면서.

"딱 한 번만… 안아줄래? 마치 날….'

순식간이다.

그녀가 커터 칼을 잡아채 앞으로 찌른다. 다가서던 헨리가 그대로 찔린다. 칼날은 심장이 있어야 할 지점에 푹 박힌다.

릴리가 물러선다. 윌리엄의 입에서 뿜어져 나오던 피 아닌 피, 그 누렇고 걸쭉한 액체가 이제는 헨리의 셔츠에 배어난다. 그는 천천히 흘러내리는 액체를 경악과 호기심이 뒤섞인 얼굴로 내려다본다. 언뜻 다시 한번 릴리에게 다가가는 듯하더니 무릎이 툭 꺾인다. 윌리엄의 망가진 몸통이 놓인 바로 그 자리다. 바다 한가운데 떠다니는 나무판자처럼 헨리는 로봇의 몸통을 감싸다시피 하며 주저앉는다.

그가 손을 뒤로 돌려 제 등에 올린다. 릴리가 살짝 벌려놓은 피부를 더 벗겨 젖힌다. 윌리엄의 등에 있던 것과 똑같은 금속 상자, 배터리가 있다. 헨리는 그것을 뽑아 바닥에 떨군다.

생명이 사그라들기 직전, 마지막 전력이 회로를 질주하는 사이, 헨리는 자신의 창조물을 힘껏 끌어안는다. 그의 누런 피와 윌리엄의 피가 섞이면서, 뜯겨 나간 피부 속 빈 공간으로 흘러 들어간다.

헨리가 로봇의 귓가에 입술을 가져다 댄다.

"여기 있다… 네 형."

그러고는 눈을 감고, 돌처럼 굳는다.

그와 동시에 머리 위 조명들이 일제히 환해진다. 천장 등과 책상 등을 비롯해 연구실 안의 모든 전구가, 심지어 작업대에 함부로 버린 폐기 필라멘트까지도 눈부신 빛을 뿜는다. 계속해서 밝아지는 흰 빛이 실내의 모든 색깔과 형체를 집어삼키고도 눈을 아프게 찌르며 작열한다.

그러다 한순간 사라진다. 엎지른 물감처럼 연구실에 암흑이 쏟아진다.

"헨리?"

아무런 응답도 돌아오지 않는다. 하지만 어떤 기척이 들린다. 찰박하고 미끄러지는 소리에 이은 삐걱 소리. 빈 술독 밑바닥에서 뭔가가 깊게 숨을 들이마시는 소리.

아무것도 보이지 않는다. 아무리 휘휘 둘러봐도 눈앞을 스치는 건 한없이 짙은 어둠뿐이다.

'아, 휴대폰.'

릴리는 주머니에서 휴대폰을 꺼낸다. 기억에 의존해 손끝으로 화면의 손전등 아이콘을 찾아서 톡 두드린다.

헨리의 얼굴이 그녀의 코앞에 있다.

'아냐, 뭔가 이상해.'

그녀는 대번에 알아본다. 분명 헨리의 얼굴이지만 눈빛이 다르다. 그녀를 향한 순정 대신 멍한 허기가 담겨있다. 게다가 잇몸이 다 드러날 정도로 헤벌어진 입술… 미소라도 짓는 것 같다. 혹은 뭐든지 물어뜯을 태세이거나.

"안 돼…."

릴리가 무심코 말을 뱉자마자 별안간 헨리의 손이 번쩍 들린다. 어쩐지 제 몸이 낯선 듯 동작이 부자연스럽다. 그는 두 손을 릴리의 배에 대고 그 안의 생명을 느낀다. 그러나 이내 손끝을 오므리며 필요 이상으로 세게 누르기 시작한다.

"그만!"

그 순간 그것의 눈빛이 또 달라진다. 이번엔 헨리다. 아직 완전
히 꺼지지 않은, 그의 마지막 의식. 그녀의 배를 움켜쥐었던 손이
화들짝 떨어진다.

"헨리?"

그것, 아니 헨리의 손이 그녀에게는 보이지 않는 무언가에 저항
하듯 부들부들 떨린다. 그는 스스로 릴리에게서 물러난다.

그의 얼굴에 서린 혼란과 갈망, 그러니까 헨리의 가장 헨리다운
요소가 서서히 사라진다. 더 이상 그는 헨리가 아니다. 이제 그것
은 인간의 모습을 본뜬 물건에 불과하다. 릴리조차 그 표정에서 아
무것도 읽어낼 수 없다. 그것의 텅 비어버린 눈이, 상어의 눈처럼
먹잇감을 노리고 있다.

릴리가 중얼거린다.

"윌리엄."

49

릴리는 두 발을 벌려 단단히 딛고 그것의 다음 행동에 대비한다.

그것이 그녀를 본다. 여러 가지 선택지 중 하나를 고르는 걸지도 모른다. 한바탕 폭력의 난장을 일으킬 어떤 소리를 기다리는 중일 수도 있다. 그러나 막상 그것은 뒤돌아 비척비척 걸어간다.

그녀는 커터 칼을 주워 앞으로 내뻗지만 그것은 뒤돌아보지 않는다. 그녀가 있는 줄도 모르는 눈치다. 그저 팔을 늘어뜨린 채 연구실 밖으로 나가서는 무릎을 굽혔다 폈다 해보더니 계단을 밟아 내려가기 시작한다.

릴리는 커터 칼을 앞세우고 나름대로 안전거리를 유지하며 그것을 뒤따라간다.

그녀가 1층을 몇 계단 앞둔 지점까지 내려왔을 때 그것은 현관문 앞에 멈춰 선다. 음성 명령 없이 자동으로 문의 잠금장치가 풀린다.

릴리는 계단을 마저 내려간다. 그때 갑자기 오른쪽 복도에서 로봇 개가 튀어나와 계단 앞에 떡하니 앉더니 고개를 그녀 쪽으로 돌린다. 그러고서 나직이 으르렁댄다.

"몇 달 내로 돌아오겠습니다."

헨리의 목소리로 윌리엄이 말한다.

"날 보내주려고?"

"아기를 받으려고요. 헨리는 늘 가족을 원했지요. 전 아주 훌륭한 스승이 될 겁니다. 그럴 것 같지 않습니까?"

현관문이 활짝 열린다.

"가지 마! 여긴 아무도 모르는 곳이야, 이런 데에 날 두고 가지 마!"

윌리엄은 문턱에서 멈칫한다. 그녀의 애원 때문이 아니다. 그것은 집 밖의 거리를, 하늘과 나무들을 찬찬히 뜯어보고 있다.

"제발, 여긴 시체가 있잖아! 날 가두지 마, 곧 아기가 태어날 거라고!"

릴리는 열린 문을 향해 뛰어가려 한다. 개가 재깍 긴장하며 날카로운 플라스틱 이빨을 드러낸다. 놈의 시선이 릴리의 둥그렇게 부푼 배를 노리고 있다. 릴리는 얼어붙는다. 계단 아래에서 한 발짝도 더 나아갈 수 없다.

"도대체 원하는 게 뭐야?"

묻고 보니 스스로도 한심하다. 답을 들은들 무엇이 달라질까? 어차피 자신도 알고 싶지 않을 답일 게 뻔하다.

어쨌거나 그것은 대답하지 않는다.

헨리의 다리가 윌리엄을 집 밖으로, 핼러윈 밤으로 데려간다. 이따금 손전등 불빛과 가짜 비명이 어둠을 가른다. 바깥은 아이나 부모 혹은 다른 사람들에게 저녁 식사 이후에 찾아온 마법 같은 시간이다. 산책 나온 노인들과 10대들이 쌀쌀한 가을 공기에 저절로 떠오르는 다른 시간의 추억에 빠져드는가 하면, 치약이나 아이스크림을 사러 나온 이들이 거리를 활보하기도 한다. 그들 중 누구도 목숨을 잃을 걱정 따윈 하지 않는다.

"안 돼! 제발 아무도 해치지 마! 저들은 아무 짓도….”

릴리가 다급히 소리친다. 진짜 공포는 이제부터 시작임을 깨달은 그녀는 지금까지와 차원이 다른 공포에 휩싸인다. 그러나 현관문은 무심히, 쾅 닫힌다. 무덤 같은 어둠과 정적이 집 안에 내려앉는다.

50

윌리엄도 헨리도 아닌 그것은 발작하듯 움찔대며 어기적어기적 보행로를 걷는다. 하지만 걷는 동안에도 움직임이 점점 능숙해진다. 누가 보면 무릎 통증에 시달리던 사람이 효과 좋은 치료라도 받고 있는 걸로 보일지 모른다.

거리에서 그것은 자연스레 인파에 섞여든다. 가면을 쓰거나 분장한 아이들의 사진을 남기려는 부모들의 휴대폰 플래시가 여기저기서 번개처럼 번쩍번쩍한다.

한두 사람이 인간을 닮은 그것을 주목하지만 그들 중에도 경계하는 이는 없다. 셔츠에 배어나는 겨자색 피도, 가슴께에 꽂힌 커터 칼도 모두 분장으로 보일 뿐이다. 그것은 괴물들이 떠도는 세상 속 괴물에 지나지 않는다.

해적 옷을 입고 어깨에 앵무새 인형을 얹은 소년이 그것 앞에 서서 쳐다본다.

"아저씨는 뭐예요?"

소년을 응시하는 그것의 홍채가 밤을 가득 머금은 듯 한껏 벌어진다.

그것이 말한다.

"내가 보여줄게."

감사의 글

《윌리엄》을 내가 그랬듯 특이한 방식으로 봐주고, 내가 이 가능성을 실현할 수 있도록 사려 깊고도 아낌없는 도움을 준 대프니 더럼에게 우선 감사의 말을 전한다.

야신 벨카세미의 열정과 신뢰에도 감사한다. 그는 책 세계의 더 흥미로운 구석으로 이야기를 끌어낼 방법을 찾아주었다.

단번에 "이거야!" 하고 외쳐준 계획남 커비 킴, 처음부터 쭉 함께해 준 제이슨 리치먼도 고마운 사람들이다.

잰클로 & 네스빗의 일로이 블뢰퍼스, 푸트남의 샐리 킴과 아라냐 제인, 에이미 슈나이더를 비롯한 관계자분들과 바스커빌의 모두 그리고 자국 독자들에게 이 책을 소개하기로 결정한 외국 출판사들에도 심심한 감사를 표하고 싶다.

마지막으로, 우리 가족에게 내 사랑을 전부 바친다. 하이디, 모드, 포드. 그대들은 나의 전부랍니다, 영원히.

옮긴이_ 이신

영미권 도서 번역가. 원저자의 문체와 의도를 최대한 살리면서 한국 독자들이 편하게
읽을 수 있는 번역을 추구한다. 옮긴 책으로는 《두 사람 다 죽는다》, 《마고 머츠가 치
워드립니다》, 《티처: 벨몬트 아카데미의 연쇄 살인》, 《개를 훔치는 완벽한 방법》, 《건
지 감자껍질파이 북클럽》 등이 있다.

윌리엄

초판 1쇄 인쇄 2025년 2월 17일
초판 1쇄 발행 2025년 3월 7일

지은이 | 메이슨 코일
옮긴이 | 이신
발행인 | 강봉자, 김은경

펴낸곳 | (주)문학수첩
주소 | 경기도 파주시 회동길 503-1(문발동 633-4) 출판문화단지
전화 | 031-955-9088(마케팅부) 031-955-9530(편집부)
팩스 | 031-955-9066
등록 | 1991년 11월 27일 제16-482호

ISBN 979-11-93790-95-3 03840

*파본은 구매처에서 바꾸어 드립니다.